주홍 글자

일러두기

- 이 책은 Nathaniel Hawthorne, 『*The scarlet Letter*』(Project Gutenberg, 2006)를 참고했습니다.

진형준 교수의 세계문학 컬렉션

33

주홍 글자

The scarlet Letter

너새니얼 호손 지음

살림

너새니얼 호손 초상화

미국의 화가 찰스 오스굿이 그린 〈너새니얼 호손의 초상화〉 (1841년 작, 피바디 에섹스 박물관 소장).
너새니얼 호손은 생애 9편의 소설과 8편의 단편집, 23편의 단편선, 그리고 논픽션 작품 3편을 출간했다.
대표작으로는 『주홍 글자』와 『일곱 박공의 집』 등이 있다.

너새니얼 호손 생가(Nathaniel Hawthorne Birthplace)와 일곱 박공의 집(House of the Seven Gables)

미국 매사추세츠 세일럼에 위치한 너새니얼 호손의 생가와 일곱 박공의 집. 1804년 7월 4일 너새니얼 호손은 세일럼의 유니온 가에 위치한 생가 2층에서 태어났으며 호손의 생가는 1959년 세일럼 유니온 가에서 현재의 위치로 이동되었다고 한다. 특히 생가의 바로 옆 해변가에 위치한 저택 '일곱 박공의 집'은 너새니얼 호손의 다른 작품인 1851년 4월에 출간된 고전 소설 『일곱 박공의 집』과 관련되어 있는데 한때 호손의 사촌인 수잔나 인거솔(Susanna Ingersoll)이 소유했다고 한다. 이 저택과 1692년 세일럼 마녀 재판에 참여했던 호손의 조상들에게서 『일곱 박공의 집』의 영감을 받았다고 전해진다. 그리고 '일곱 박공의 집'은 1910년 대중에게 공개되기 전까지 240년 넘게 거주지로 사용되었다고 한다.

영화 〈주홍 글자(The Scarlet Letter, 1917 film)〉

미국의 영화 제작사 '윌리엄 폭스(William Fox)'에서 1917년에 상영한 칼 하보(Carl Harbaugh) 감독의 무성영화 〈주홍 글자〉의 한 장면. 왼쪽에서부터 아서 딤스데일, 펄, 헤스터 프린이다. 『주홍 글자』는 16편의 영화와 18작의 오페라 및 다양한 미디어 믹스로 제작되었다. 그 가운데 2010년에 개봉된 '윌 글럭' 감독, '엠마 스톤' 주연의 영화 〈이지 A(Easy A)〉는 원작 『주홍 글자』를 현대판으로 재해석한 영화로, 제16회 크리틱스 초이스 영화상에서 코미디 영화상을 받았다.

「주홍 글자(The Scarlet Letter, by Hugues Merle)」

1861년 프랑스 화가 위그 메를(1823~1881)이 그린 「주홍 글자」. 헤스터 프린과 펄, 그리고 둘 뒤에는 아서 딤스데일과 로저 칠링워스가 그려져 있다. 위그 메를은 1859년 윌리엄 월터의 의뢰로 이 그림을 그렸다. 『주홍 글자』의 저자인 너새니얼 호손은 자신의 소설 가운데 이 그림을 가장 훌륭한 삽화로 여겼다고 한다. 메를의 그림은 너새니얼 호손의 작품과 같은 19세기 청교도에 대한 역사적 관심을 반영하고 있다. 메를은 헤스터와 그녀의 딸 펄을 마돈나와 그녀의 아이로 묘사함으로써 『주홍 글자』의 죄와 구원이라는 주제를 강조했다.

THE

SCARLET LETTER,

A ROMANCE.

BY

NATHANIEL HAWTHORNE.

BOSTON:
TICKNOR, REED, AND FIELDS.
M DCCC L.

『주홍 글자』 초판본 표제 (Title page, first editon, The Scarlet Letter of 1850)

1850년 틱노 앤 필스 출판사에서 출간된 『주홍 글자』 초판본 표제. 『주홍 글자』는 너새니얼 호손 최초의 장편 로맨스 소설로 그의 대표작이자 호손을 성공한 작가로 만들어준 작품이다. 국내에서는 『주홍 글자』 또는 『주홍 글씨』로도 많이 알려져 있다. 미국 초기 청교도 이민 역사를 바탕으로 한 『주홍 글자』는 청교도 신자인 호손의 '죄와 인간의 위선'에 대한 통찰력이 담겨 있다. 호손은 암울한 주제를 자신의 부드러운 스타일, 현실과 거리가 있는 역사적 배경, 모호함 등을 이용해 유연하게 풀었고, 일반 대중의 비위도 잘 맞추었다. 또한 『주홍 글자』는 뛰어난 구성과 함께 아름다운 문체로 이루어진 소설이자 초기 청교도 식민지 이주자들이 사용했던 기법인 알레고리를 적절하게 활용한 작품이다.

주홍 글자 **차례**

1 감옥 문 앞

　　　어두운 색 옷차림에 뾰족한 회색 모
자를 쓰고 턱수염을 기른 사내들 무리가 머리에 두건을 두르
거나 혹은 맨머리인 여인들과 뒤섞여 목조 건물 앞에 모여 있
었다. 참나무로 만들어진 육중한 문에는 장식용 쇠못이 박혀
있었다.

　새로운 식민지를 건설한 사람들은 애당초는 미덕과 행복
이 충만한 유토피아를 꿈꾸었겠지만 언제나 그렇듯이 처녀지
(處女地)의 한 부분을 묘지로, 또 다른 한 부분을 감옥으로 만드
는 게 실질적인 급선무라는 것을 곧 깨달았다. 보스턴의 선조
들이 그러했다. 그들이 이 도시를 건설한 지는 15년 내지 20년

밖에 안 되었지만 그 목조 감옥은 벌써 온갖 풍상과 세월의 흔적을 보여주며 음산한 모습으로 그곳에 서 있었다. 참나무 문의 묵직한 쇠 장식에는 녹이 슬어, 이 신세계에 있는 그 어떤 것보다 고색창연해 보였다. 범죄와 관련된 모든 것이 그러하듯 이 건물에는 '한창 시절'이란 것은 존재하지도 않는 것 같았다.

이 흉한 건물 앞에, 그리고 건물과 마찻길 사이에 풀밭이 있었으며 그곳에는 우엉, 명아주, 아가위 따위의 볼품없는 잡초가 무성하게 자라고 있었다. 그것들은 분명히 문명사회의 검은 꽃이라 할 수 있는 '감옥'을 낳은 이 토양에서 무언가 동질의식을 느꼈음이 틀림없었다. 하지만 입구 반대편에는 들장미가 유월을 맞아 우아한 보석 치장으로 뒤덮인 채 거의 문턱까지 뿌리를 내리고 있었다. 마치 감옥 안으로 들어가는 죄수나 형장으로 끌려가기 위해 그곳에서 나오는 죄수들에게 그 향기와 덧없는 아름다움을 보내주면서 대자연의 깊은 마음이 그들을 동정하고 반긴다는 것을 보여주는 것 같았다.

이 이야기를 시작하려는 순간 아직 역사 속에 살아 있는 그 들장미 덤불을 우리가 이렇게 발견했으니 우선 그 들장미 꽃

한 송이를 꺾어서 독자들에게 선사하는 수밖에 없으리라. 바라건대, 그것은 이 이야기 도중에 발견하게 될 어떤 향기로운 도덕의 꽃을 상징하는 데, 혹은 인간의 연약함과 슬픔을 다룬 이 이야기의 어두운 결말을 좀 덜 어둡게 해주는 데 쓰일 수 있다면!

프리즌 레인 감옥 풀밭 앞에 보스턴 주민들이 그렇게 모여 있던 때는 지금으로부터 약 2세기 전 어느 여름날 아침이었다. 그들은 감옥의 거대한 참나무 문을 뚫어져라 바라보고 있었다. 주민들의 표정이 딱딱하게 굳어 있는 것으로 보아 무슨 끔찍한 일이 당장 벌어질 것 같았다. 어느 악명 높은 죄수의 사형이 집행될 것이라고 생각할 수도 있을 것이다.

하지만 당시의 청교도들은 무척 엄격했다. 그들에게는 종교와 법률이 거의 같은 것으로 여겨졌고, 둘은 완전히 하나로 융합되어 있었다. 그렇기에 그것이 가벼운 것이건 무거운 것이건 공적인 처벌 행위는 모두 찬탄의 대상인 동시에 공포의 대상이었다. 따라서 처형대에 오르는 죄수가 이 구경꾼들에게 바랄 수 있는 동정심이란 참으로 보잘것없고 냉혹한 것이었다. 또한 오늘날이라면 가벼운 수치나 조롱거리에 지나지 않을 처벌도 그 당시에는 사형과 비슷한 정도의 준엄한 위엄을 띠고 있었다고 볼 수 있다.

군중 가운데에는 아낙네 몇 명이 끼어 있어서 지금부터 벌어지게 될 일에 대단한 관심을 가지고 주시하고 있었다. 그들 가운데 험상궂게 생긴 쉰 살 정도의 한 여인이 말했다.

"이봐요들, 내 속내를 좀 털어놔야겠네. 저 헤스터 프린같이 못된 것은 연륜도 있고 누구나 성실한 교회 신자로 인정받는 우리 여편네들이 다루어야 하는 것 아니겠어요? 그래야 공익에 훨씬 도움이 되는 것 아니겠어요? 어떻게들 생각해? 저 뻔뻔스러운 게 지금 여기 있는 우리 다섯 명 앞에 서서 재판을 받게 된다면, 그 죗값이 저 훌륭하신 치안 판사 나리들이 내린 판결 정도로 그치겠어? 정말로 어림도 없지!"

지금 보기에는 대담하기 그지없는 그런 이야기가 한 아낙네의 입에서 나왔다고 해서 놀랄 것 없다. 영국에서 자란 당시의 아낙네들은 육체적으로건 정신적으로건 예닐곱 세대 뒤의 여성들보다 훨씬 더 드셌다. 아마 어머니들은 대를 이어가면서, 무기력하고 연약하다고까지는 할 수 없지만 좀 더 옅은 혈색, 섬세하지만 속절없는 아름다움, 가냘픈 뼈대를 물려주었는지도 모른다. 하지만 당시의 아낙네들은 사내 같은 엘리자베스 여왕이 여성의 모습을 대표하던 시대로부터 미처 반세기도 지나지 않은 시절에 살고 있었다. 그날 아침, 빛나는 태양이 그녀들의 떡 벌어진 어깨와 풍만한 젖가슴, 불그스레하고 토실토실한 두 뺨 위에 내리비치고 있었으며, 그녀들의 육체와 정신은 방금 아낙네의 입에서 나온 이야기 내용과 아주 잘 어울렸다.

그 아낙네의 말이 끝나자 다른 한 아낙네가 말했다.

"사람들 말로는 저 여자의 담당 목사이신 딤스데일 목사님께서는 그분 신도들 중에서 이런 불미스러운 일이 벌어진 것에 가슴 아파하신다더군요."

그러자 중년에 접어든 세 번째 여자가 거들었다.

"정말이지 치안 판사님들은 믿음은 두터운지 몰라도 너무 인정이 많으셔. 최소한 헤스터 프린의 이마빡에 불에 달군 쇠로 낙인을 찍어줬어야지. 그 정도는 돼야 헤스터 프린 저년이 좀 움찔할 게 아니겠어? 저년, 저 화냥년은, 옷가슴에 뭘 달아 준댔자 눈 하나 깜짝하지 않을 년이야! 브로치 같은 걸로 가리고 아무 일 없는 것처럼 거리를 활보할걸!"

그러자 아이의 손을 잡고 있던, 그녀들보다는 젊은 여자가 훨씬 부드러운 말투로 그들 말을 가로막았다.

"아무리 그 징표를 가려도 마음속으로는 여전히 괴로울 거예요."

그러자 재판관을 자처하는 아낙네들 가운데에서도 가장 추하고 매정하게 생긴 여자가 큰 소리로 외쳤다.

"옷가슴이건 이마빡이건 징표와 낙인 따위가 무슨 소용 있어? 저년은 우리 모두에게 망신을 준 셈이니 죽어야 해! 어디 그런 법은 없나? 있고말고!『성경』에도 있고 법령집에도 있어! 치안 판사 나리님들께서 그걸 무시하셨으니 나리님들 마누라나 딸들이 잘못되더라도 자업자득이지!"

그러자 군중 가운데 한 명의 사내가 외쳤다.

"원, 참! 그래, 여자들이 그저 교수대가 무서워서 정절을 지킨단 말이오? 그것 참 기가 막힌 말이로군! 자, 이제 조용히들 해요. 감옥 문이 돌아가고 있으니. 저기 프린 부인이 나오고 있네!"

이윽고 감옥 문이 안으로부터 활짝 열리더니 제일 먼저 허리에 칼을 차고 지팡이를 든 감옥 관리가 마치 햇빛 속으로 뛰어드는 그림자처럼 나타났다. 사내는 왼손에 든 지팡이를 앞으로 내밀고 오른손으로는 한 여자의 어깨를 잡은 채 밖으로 끌고 나왔다. 여자는 감옥 문턱에 이르자 자신의 강한 성격을 보여주듯 사내의 손길을 뿌리치고 자발적으로 위엄 있게 걸어 나왔다.

여자는 태어난 지 석 달 정도 된 젖먹이를 두 팔에 안고 있었다. 갓난아이는 한낮의 강렬한 햇빛에 눈이 부신 듯 눈을 깜빡이면서 작은 얼굴을 옆으로 돌렸다. 이제까지 아이는 어둠침침한 방에만 익숙해 있었기 때문이다.

아이의 젊은 엄마가 제일 먼저 느낀 것은 아이를 가슴에 껴안겠다는 충동이었다. 모성애가 치솟아서라기보다는 그녀의 옷에 수 놓인 혹은 매달린 징표를 감추기 위해서였다. 하지만 그녀는 곧 아기를 한쪽 팔로 안고 약간 붉어진 얼굴에 당당한 미소를 지은 채 부끄러운 기색 없이 마을 사람들과 이웃 사람들을 둘러보았다. 그녀의 웃옷 가슴에 'A'라는 글자가 보였다. 주홍빛의 고급 헝겊에 금실로 꼼꼼하게 수를 놓고 한껏 멋을 부린 글자였다. 예술적 솜씨가 발휘된데다 상상력이 한껏 사치스럽게 발휘된 글자여서인지 그녀가 입고 있는, 당시로서는 지나치게 화려한 옷에 아주 잘 어울리는 장식 효과를 내고 있었다.

　그녀는 키가 큰데다 몸매가 더할 나위 없이 우아했다. 또한 그녀의 검고 풍성한 머리채는 너무나 윤기가 흐르고 있어 햇빛이 반사되어 눈이 부실 정도였으며 얼굴은 이목구비가 또렷하고 안색이 화사했을 뿐 아니라 훤히 드러난 이마와 움푹 들어간 검은 눈 때문에 더욱 인상적이었다. 그녀는 이전에도 귀부인의 표준으로 통했지만 감옥에서 나오고 있는 지금 이 순간보다 더 귀부인처럼 보인 적은 없었다.

　그녀를 전부터 알고 있던 사람들은 그녀가 슬프고 부끄러운 모습을 보일 것으로 생각했다가 그녀의 아름다움이 빛을 뿜어내는데다 그녀를 둘러싸고 있는 불행과 치욕이 오히려 그녀에게 후광을 만들어내는 것을 보고 놀라다 못해 아연실색할 정도였다. 그러나 사실 눈길이 예리한 사람은 알아차렸겠지만 그녀의 그런 모습 속에는 뭔가 커다란 괴로움이 어려 있었다.

　하지만 무엇보다도 사람들의 주목을 끈 것은 그토록 환상적으로 수를 놓아 가슴에 장식한 '주홍 글자'였다. 그것은 그녀를 사람들과의 통상적인 관계 밖으로 밀어내 그녀를 자신만의 세계 속에 가두어버리는 마법과 같은 효과를 지니고 있었다.

구경꾼 여자들 가운데 하나가 비웃으며 말했다.

"바느질 솜씨 한번 끝내주는구먼. 얼마나 뻔뻔스러운 계집이면 저걸 저렇게 공들여 만들어서 보란 듯이 자랑스럽게 내밀고 나설까. 게다가 감옥에서 한가했나보지. 저년이 해 입은 옷차림 좀 보게. 차라리 저년 옷을 홀랑 벗겨버리면 좋겠네."

그러자 아까 나지막하게 말을 했던 가장 젊은 여자가 다시 속삭였다.

"아주머니, 제발 조용히 해요. 저 여자 귀에 들리면 어쩌려고요. 저 글자를 한 땀 한 땀 수놓을 때마다 바늘 끝이 가슴을 찔렀을 거예요."

그때 험상궂게 생긴 관리가 지팡이를 휘두르며 말했다.

"자, 길을 비켜라! 왕의 이름으로 명하노니 길을 비켜라! 길을 열어주면 지금부터 오후 1시까지 프린 부인의 이 대담한 옷차림을 남녀노소 구경할 수 있게 해줄 것이오. 매사추세츠 식민지에 신의 축복이 있기를! 자, 헤스터 프린 부인 따라와. 당신의 주홍 글자를 시장에서 사람들에게 보이란 말이야."

그러자 무리지어 있던 사람들 사이로 겨우 한 사람이 지나갈 정도의 길이 열렸다. 마을 관리가 앞장서고 헤스터 프린이 형벌을 받게 되는 장소로 함께 발걸음을 옮겼고 수많은 구경꾼들이 뒤를 따랐다.

감옥 문에서 시장까지는 그다지 먼 거리가 아니었다. 하지만 죄인의 마음에는 그 거리가 한없이 멀게만 느껴졌을 것이다. 비록 그녀의 태도는 당당했지만 구경꾼들의 발소리를 들을 때마다 자신이 한길 바닥에 내동댕이쳐져서 짓밟히는 듯한 고통을 느꼈을 것이다.

지금은 사라진 그 처형대는 당시로서는 선량한 시민 의식을 고쳐시키는 데 있어 프랑스 공포정치 시대의 단두대 못지않게 효과적이었다. 그것은 한 마디로 형틀을 올려놓은 단(檀)이었다. 그리고 그 형틀은 사람 머리에 씌워 머리를 숙이지 못하게 만들어놓은 것이었다. 나무와 쇠로 만들어진 그 장치 속에 '치욕'이 완전한 모습으로 구현되어 있었다. 죄를 지은 자가 창피해서 얼굴을 감추지 못하게 만드는 것보다 더 지독한 모욕, 그보다 더 우리의 인간성에 반하는 잔인한 모독은 없을 것이다.

자신이 해야 할 역할을 잘 알고 있던 여자는 나무 계단을 올라가더니 사내의 어깨 높이쯤 되는 곳에 서서 거리에 몰려 있는 군중 앞에 자신의 모습을 훤히 드러내 보였다. 그녀의 모습을 보고 이 세상을 구원한 아기를 품에 안고 있는 성모 마리아를 떠올릴 수도 있었을 것이다. 하지만 오로지 겉모습을 비교했을 때만 그럴 뿐이었다. 지금 이곳에서는 인간의 가장 신성한 특질 속에도 죄의 오점이 들어 있다는 것, 이 아름다운 여인에게 그만큼 세상은 더 어둡다는 것, 그녀가 낳은 아이 때문에 그만큼 그녀는 더 어찌할 바를 모르고 있다는 것을 보여 주고 있을 뿐이었다.

헤스터 프린이 벌을 받는 광경을 바라보는 사람들 사이에서는 일종의 두려움이 감돌고 있었다. 당시의 사람들은 아직 인간으로서의 순박함을 잃지 않고 있었기 때문이다. 그들에게는 남들이 받는 형벌을 한낱 조롱거리로밖에 여기지 않는 냉혹함은 없었다. 오히려 군중은 하나같이 진지하고 엄숙한 표정이었다. 게다가 총독과 행정위원, 판사, 장군 들이 멀리 발코니에서 근엄한 표정으로 그 광경을 바라보고 있었기에 아무도 그 광경을 웃음거리로 만들 엄두를 내지 못했다.

수많은 진지한 시선이 자신의 가슴에 꽂히는 것을 느끼며 이 가엾은 여자는 최선을 다해 몸을 꼿꼿이 가누고 서 있었다. 하지만 군중의 엄숙한 분위기는 그녀를 더욱더 견디기 힘들게 만들었다. 천성적으로 충동적이고 열정적인 이 여자는 가시나 독을 품은 군중의 모욕이나 오만에는 얼마든지 맞서리라고 단단히 대비하고 있었다. 그들의 얼굴이 자신을 조롱하는 비웃음으로 일그러졌다면 그녀는 경멸의 비웃음, 쓰디쓴 비웃음으로 그들을 대할 수 있었을 것이다. 하지만 군중의 엄숙한 분위기에는 그보다 훨씬 더 끔찍한 그 무언가가 들어 있었다.

그녀는 이 납덩이처럼 무거운 침묵을 별수 없이 참아내면서, 목청이 터지도록 고함을 지르며 처형대 바닥으로 몸뚱이를 내동댕이치고 싶은 충동을 느끼기도 했고, 혹은 당장 미쳐버릴 것 같은 느낌을 받기도 했다.

하지만 그녀는 가끔 자기 앞에서 이 모든 장면 전체가 사라져버린 것 같은 느낌을 받기도 했다. 그러면 그녀의 기억력이 활발하게 작동하여 자신을 노려보고 있는 사람들과는 다른 사람들의 얼굴이 떠오르기도 했다. 그리하여 헤스터 프린이 벌을 받고 있는 처형대는 마치 그녀의 행복했던 어린 시절부터 지금까지의 삶을 조망해보는 전망대 같은 것이 되었다.

이 높고 비참한 곳에 서 있는 그녀에게 고국 영국의 고향 마을과 부모님의 모습이 보였다. 비록 가난에 찌든 모습을 보여주는 집이었지만 현관에 걸려 있는 반쯤 흐릿해진 방패형 문장(紋章)은 유서 깊고 지체 높은 가문임을 보여주고 있었다. 점잖은 흰 수염에 옛날 엘리자베스 시대풍의 주름 깃 위의 아버지 얼굴, 애정이 가득 담긴 어머니의 근심 어린 얼굴도 보였다. 어머니는 세상을 떠난 뒤에도 늘 헤스터 프린의 인생행로에 지침이 되어주곤 했다.

그와 함께 그녀가 늘 들여다보던 침침한 거울을 환하게 만들었던, 묘령의 아름다운 자신의 얼굴도 떠올랐다. 그러자 그 거울 속에 창백하고 수척한 나이 지긋한 또 다른 사내의 얼굴, 학자다운 얼굴이 떠올랐다. 등불 밑에서 책을 많이 읽은 탓에 눈이 흐려져 있는 얼굴이었다. 하지만 그 침침한 눈은 사람의 마음속을 꿰뚫어볼 수 있는 통찰력을 발휘하는 눈이기도 했다. 헤스터 프린이 공상 속에서 떠올린 그 사내는 늘 서재에 처박혀 살던 일종의 은둔자로서 왼쪽 어깨가 오른쪽 어깨보다 기형적으로 추켜올라가 있었다.

그녀의 기억 속에서 이번에는 그 기형적인 학자와 맺어져 새로운 생활을 시작했던 네덜란드 암스테르담의 시가지 모습이 떠올랐다. 그 도시의 복잡하고 좁다란 길들, 드높은 회색 집들, 성당과 공공건물이 잇달아 그녀 앞에 나타났다. 명색은 새로운 삶이었지만 실제로는 무너져가는 담장에 긴 푸른 이끼처럼 케케묵은 물질들과 함께하는 생활이었다.

장면은 바뀌어 마지막으로 그 모든 것들 대신 사람들이 헤스터 프린, 그러니까 바로 자기 자신을 추상같은 눈길로 바라보고 있는 청교도 식민지의 시장터로 다시 돌아왔다. 그녀는 지금 아이를 두 손에 안고 'A'라는 주홍 글자를 새긴 채 처형대 위에 서 있었던 것이다.

이게 사실인가? 그녀가 갑자기 아이를 품에 꼭 껴안는 바람에 아이가 울음을 터뜨렸다. 그녀는 고개를 숙여 주홍 글자를 내려다보았다. 그리고 지금 품에 안고 있는 갓난아기와 이 치욕이 사실인지 확인해보려는 듯 그 글자를 손가락으로 만

져보았다. 그렇다! 이것이 그녀의 현실이었다! 다른 것들은
모두 사라져버렸다!

2 인정

　　　　　그 순간 주홍 글자를 가슴에 단 여자에게 군중 끝자락에서 원주민 복장을 하고 있는 인디언 한 명과, 그와 동행인 듯한 사람의 모습이 눈에 들어왔다. 백인인 그는 서구인 복장과 원주민의 옷을 이상하게 뒤섞어 입고 있었다.

　그 백인 사내는 키가 작았으며 얼굴에 깊은 주름이 잡혀 있었지만 아직 늙은이라고 부르기는 어려웠다. 정신적인 능력을 너무 발달시킨 탓에 마치 그 정신이 온몸에 배어들어 어쩔 수 없이 밖으로 또렷이 드러난 것처럼, 얼핏 보아도 지적인 모습을 하고 있었다. 일부러 이상한 옷을 아무렇게나 차려입어 자신의 특이한 모습을 감추려고 애를 쓴 게 분명했지만 헤스터 프린은 그의 한쪽 어깨가 다른 쪽 어깨보다 추켜올라가 있음을 분명히 알아차릴 수 있었다. 사내의 야윈 얼굴과 기형적인 모습을 알아차린 순간 헤스터가 너무 갑자기 아기를 세게 껴안는 바람에 불쌍한 아기는 울음을 터뜨렸다. 하지만 어머니의 귀에는 아기의 울음소리가 들리는 것 같지 않았다.

그 이상한 사내는 헤스터 프린이 그를 바라보기 전부터 그녀에게 시선을 고정하고 있었다. 처음에는 마치 자기 마음속을 살피는 데만 익숙할 뿐 밖에서 벌어지고 있는 일에는 관심이 없는 양 무심한 눈길을 하고 있었다. 하지만 곧이어 사내의 눈초리는 마치 그 무언가를 꿰뚫어보는 듯 날카로워졌다. 마치 뱀 한 마리가 그의 얼굴 위를 미끄러지다가 갑자기 잠시 멈춘 것처럼 그의 얼굴에 공포감이 똬리를 틀었다. 어떤 벅찬 감정에 그의 얼굴이 어두워진 것 같았지만 그건 아주 잠시뿐이었고 즉시 의지의 힘으로 그것을 억눌렀는지, 다시 평온해졌다.

헤스터 프린이 자신을 알아보았음을 눈치채자 그는 천천히 손가락을 들어 올려 입술에 갖다댔다. 그런 뒤 그는 옆에 있던 마을 사람의 어깨에 손을 얹으며 예의 바르고 정중하게 말을 건넸다.

"저, 실례합니다. 저 여인이 누굽니까? 그리고 왜 저기 저렇게 서 있는 겁니까?"

마을 사람은 질문한 사람과 그의 동행을 쳐다보며 대답했다.

"낯선 곳에서 오신 모양이군요. 그렇지 않다면야 헤스터 프린 부인과 그녀가 한 짓에 대해 들었을 텐데…… 그녀가 딤스데일 목사님 교회에서 추잡한 짓을 저질렀어요."

그러자 사내가 말했다.

"맞습니다. 저는 이방인입니다. 본의 아니게 여기저기 떠돌아다녔지요. 바다와 육지에서 이런저런 큰 재난을 만나 저 남쪽 인디언 마을에 오랫동안 붙들려 있었습니다. 이제야 겨우 풀려난 것이고, 이 인디언은 제 몸값을 받으려고 여기까지 저를 데려온 겁니다. 그러니 저 헤스터 프린이라는 여자가, 제가 이름을 제대로 말했는지 모르겠습니다. 저 여자가 무슨 짓을 저질러서 이곳 처형장까지 오게 되었는지 이야기를 좀 해주시겠습니까?"

"암요, 해드리지요. 그렇게 오래 고초를 겪고 여기 올 수 있게 되었으니 정말 기쁘겠소이다. 부정한 짓은 어떻게 해서든 밝혀서 지도자들과 백성들이 보는 앞에서 벌을 주는, 그런 좋은 곳에 당신은 지금 와 있는 겁니다. 바로 우리의 뉴잉글랜드에 와 있는 거지요. 저 여자는 어떤 유식한 사람의 부인이었지요. 그 사람은 영국에서 태어나 암스테르담에서 꽤 오래 살았다고 하더군요. 결국 바다를 건너 이곳 매사추세츠로 오기로 결심하고 부인을 먼저 보냈답니다. 자기는 잠시 그곳에 남아 일을 정리한 뒤 오기로 했지요. 그런데, 저 여자가 이곳 보스턴에 자리를 잡은 지 두 해 가까이 되었는데도 그 유식한 남편에게서는 아무런 소식이 없었던 겁니다. 그리고 보다시피 저렇게…….”

“아하, 그렇군요. 잘 알겠습니다.” 낯선 이는 쓰디쓴 미소를 지으며 대꾸했다.

“당신이 말한 이른바 그 학자라는 사람은 책에서 이런 것도 배워야 했을 것을…… 그런데 하나만 더 묻겠습니다. 저 프린 부인이 안고 있는 어린아이, 아마 태어난 지 서너 달 정도 된 것 같은데, 저 어린아이의 아버지는 누굽니까?”

“참, 그게 수수께끼란 말이야. 헤스터 프린 부인이 한사코 입을 열지 않으니 재판관들이 머리를 맞대고 논의해보았자 뭔 소득이 있었겠어요? 아마도 그 죄를 지은 자는 이 슬픈 광경을 어디선가 지켜보고 있겠지요. 원, 하나님이 내려다보시고 계시다는 걸 알아야지."

그러자 낯선 남자가 다시 미소를 지으며 말했다.

"그렇다면 그 배운 사람이 직접 와서 그 비밀을 밝혀야겠군요."

"그 사람이 아직 살아 있다면 마땅히 그래야겠지요." 마을 사람이 맞장구를 친 다음 말을 이었다.

"우리 매사추세츠 재판관들은 저 여자가 젊은데다 예뻐서 거센 유혹을 뿌리치기 힘들었을 것이라고 생각한 거라오. 게다가 저 여자 남편이 마침내 바다에 빠져 죽었으리라고 생각한 거지요. 그래서 법을 저 여자에게 엄격하게 적용하지 못한 겁니다. 법대로 했다면 사형을 내려야 마땅하지요. 그런데 재판관 나리들은 자비롭게도 프린 부인에게 고작 세 시간 동안 처형대에 서 있은 다음, 평생 동안 가슴에 치욕의 징표를 달고 살라는 판결을 내린 겁니다."

"현명한 판결이군요."

낯선 사내는 천천히 고개를 끄덕이며 말했다.

"저 여자는 우리에게 죽을 때까지 죄를 저지르지 말라는, 살아 있는 교훈이 되겠군요. 그런데 저 여자와 함께 죄를 저지른 상대가 저기 처형대 위에 나란히 서 있지 않은 건 애석한 일이군요. 하지만 그가 누군지는 밝혀질 겁니다. 암, 밝혀지고 말고요."

말을 마친 사내는 옆에 있던 마을 사람들에게 정중하게 인사한 뒤 인디언 사내와 함께 군중 사이를 빠져나갔다.

그들이 이야기를 나누는 동안 헤스터 프린은 처형대 위에서 그 이방인을 뚫어져라 바라보고 있었다. 하도 그 사내만 뚫어져라 바라보았기에 세상 모든 것들이 사라지고 오로지 그와 그녀만이 남아 있는 것 같았다. 그리고 그렇게 단둘이 만나는 것은 그녀의 얼굴 위로 한낮의 뜨거운 태양이 내리비춰, 그녀의 치욕을 환하게 드러내고 있는 지금 이 순간에 그를 만나는 것보다 훨씬 더 끔찍했을 것이다. 그녀에게는 숱한 구경꾼들이 있다는 사실, 그 소름끼치는 사실이 오히려 은신처를 마련해주는 것처럼 느껴졌다.

그녀는 그런 생각에 잠겨 있느라 등 뒤에서 자신을 부르는 소리를 듣지 못했다. 그러자 그 목소리의 주인공은 군중 모두에게 들릴 만큼 큰 소리로 외쳤다.

"내 말을 잘 들어라, 헤스터 프린!"

처형대 바로 위쪽에 있는 교회당 발코니에서 들리는 목소리였다. 그곳에는 재판관들이 모두 모여 있었다. 그제야 그 목소리를 듣고 헤스터 프린은 얼굴이 파랗게 질려 몸을 떨었다. 그 목소리의 주인공은 보스턴 제일 교회의 윌슨 목사였다. 그는 보스턴의 목사들 가운데 가장 연장자였으며, 그 무렵 성직에 있는 사람들이 거의 다 그렇듯이 훌륭한 학자였고 친절하고 다정한 사람이었다. 하지만 그는 타고난 그 성격을 계발하기보다는 지성을 계발하는 데 더 공을 들였고, 그 다정한 성격을 자랑하기보다는 오히려 부끄러움으로 여기는 게 사실이었다.

그가 계속 말했다.

"헤스터 프린, 나는 그대가 일요일마다 설교를 듣는 내 젊은 형제와 승강이를 벌이고 있었다."

그 말과 함께 윌슨 목사는 그의 옆에 앉아 있는 창백한 얼굴의 젊은이 어깨 위에 손을 얹었다.

"나는 그대가 저지른 흉악한 죄를 이 사람에게 다루라고 설득하고 있었다. 이 사람이 나보다 그대를 더 잘 알고 있기 때문이다. 당신의 완고한 고집을 꺾을 방법을 이 사람이 찾아낼 수 있을 것이고, 그렇게 되면 당신을 타락의 구렁텅이에 빠뜨린 자의 이름을 알아낼 수 있을 것이라 생각하기 때문이다. 그런데 이 사람은 이런 대낮에 수많은 사람들이 지켜보는 가운데 가슴속 비밀을 털어놓으라고 강요하는 건 옳지 않은 일이라면서 내게 반대를 하고 있다.

자, 딤스데일 형제, 다시 한 번 묻겠소. 당신 생각은 어떻소? 이 가엾은 죄지은 영혼을 내가 다루어야겠소, 아니면 당신이 다루겠소?"

윌슨 목사의 말이 끝나자 발코니에 앉아 있던 근엄한 사람들 사이에서 수군거리는 소리가 들렸다. 이어서 그 자리에 함께 있던 벨링엄 총독이 입을 열었다. 그는 변호사로서 매사추세츠 식민지 총독직을 맡고 있었다. 그는 젊은 목사를 존중하듯 부드러운 목소리로 말했다. 하지만 그 목소리에는 권위가 담겨 있었다.

"딤스데일 목사, 당신은 이 여인의 영혼에 대해 책임이 있소. 따라서 그녀를 타일러 회개하고 고백하게 만드는 것이 당신의 의무요."

그의 말에 군중들의 시선이 모두 젊은 딤스데일 목사를 향했다. 그는 영국 옥스퍼드 대학 출신으로 뛰어난 말솜씨와 종교적 열정으로 유명했다. 게다가 아주 잘생긴 용모를 자랑하고 있었다. 이마는 훤칠하게 높이 튀어나오고 우수에 잠긴 듯한 큰 눈을 가졌으며, 다물고 있을 때를 제외하고는 언제나 약간 떨리는 듯한 입은 신경이 예민하고 자제력이 있음을 보여주었다.

타고난 재주와 교양을 느끼게 해주는 젊은 목사의 몸가짐에는, 그러나 약간은 불안스럽거나 놀란 것 같은 모습도 보이고 있어서 다른 사람들 없는 곳에 홀로 있어야만 마음이 놓이는 사람이라는 느낌을 주기도 했다.

총독의 말에 힘입어 윌슨 목사가 다시 말했다.

"형제여, 저 여인에게 말을 건네시오. 저 여인의 영혼을 위해서일 뿐 아니라 당신의 영혼을 위해서도 중요한 일이오. 어서 진실을 고백하도록 타일러보시오."

딤스데일 목사가 마치 묵도라도 드리는 듯 머리를 숙인 뒤 마침내 앞으로 나섰다. 그는 발코니에 몸을 기대더니 헤스터 프린의 눈을 물끄러미 바라보며 말했다.

"헤스터 프린, 이분들이 하시는 말씀을 들었으니 내가 어떤 책무를 떠맡게 되었는지 잘 알겠지요. 당신이 지상에서 받은 형벌이 사해지고 구원을 받으려면 어서 그대와 함께 죄를 저지르고 고통받고 있는 사내의 이름을 밝히시오. 그 사내를 향한 그릇된 동정심과 온정 때문에 침묵을 지키지 마시오. 나를 믿으시오."

그는 막힘없이 이야기를 계속했다.

"헤스터 프린, 설사 그가 높은 자리에서 내려와 그대 곁 처형대 위에 서게 되더라도, 그가 평생 동안 비밀스러운 죄를 마음에 감추고 사는 것보다는 나을 것이오. 그대의 침묵은 그 사람에게 조금도 도움이 되지 않소. 하나님은 당신 마음속의 죄악과 겉으로 드러난 슬픔을 극복할 수 있도록, 이런 공개 처형의 기회를 주신 것이오. 당신은 지금 그대 입술에 들이대고 있는 술잔, 입에는 쓰지만 영혼에는 축복인 그 술잔을 그에게 주는 것을 거부하고 있는 것이오. 필시 그 사람은 용기가 없어서 스스로 그 술잔을 들지 못하는 것일게요."

젊은 목사의 목소리는 떨리고 있었지만 달콤하고 낭랑했다. 호소력이 강한 그의 말에 사람들은 곧 헤스터 프린 입에서 남자의 이름이 나오거나, 아니면 죄를 지은 남자 스스로 양심의 가책을 느껴 처형대 위로 올라올 수밖에 없으리라고 생각했다.

그러나 헤스터 프린은 고개를 내저었다.

"여인이여, 하나님의 자비의 한계를 넘지 마라!" 윌슨 목사가 전보다 더 거친 목소리로 외쳤다.

"자, 어서 이름을 밝혀라!"

"절대로 안 돼요." 헤스터 프린이 윌슨 목사가 아니라 젊은 목사의 깊숙한 눈을 바라보며 말했다.

그러자 군중들 가운데 한 명이 분노에 찬 목소리로 외쳤다.

"어서 말해! 어서 그의 이름을 대서 자식에게 아비를 찾아줘라!"

"절대로 말하지 않겠어요."

헤스터 프린이 마치 죽은 사람처럼 창백해진 채, 너무나도 귀에 익은 그 목소리에 단호하게 대답했다.

"내 아이에게는 하나님 아버지를 찾아주겠어요. 지상의 아버지가 누구인지는 절대로 가르쳐주지 않겠어요!"

그러자 발코니에 기댄 채 손을 가슴에 얹고 있던 딤스데일 목사가 말했다.

"그녀는 말하지 않을 겁니다."

그는 한숨을 푹 내쉬면서 뒤로 물러났다.

죄인의 고집을 도저히 꺾을 수 없다는 것을 알게 된 윌슨 목사는 군중들을 향해 미리 준비해두었던 설교를 했다. 그는 온갖 죄악을 이 치욕의 주홍 글자와 결부시켰다. 그가 그 주홍 글자의 의미를 힘있게 설명하며 열변을 토하자, 사람들은 주홍 글자에 대해 공포를 느낄 정도가 되었다. 마치 그 주홍빛은 지옥의 불길에서 빌려온 것 같았다.

그사이 헤스터 프린은 무심한 표정으로 처형대에 서 있었다. 이날 아침 그녀는 인간이 참을 수 있는 한계까지 간 셈이었다. 그리고 그것을 견뎌낸 셈이었다. 그녀의 정신은 강인했기에 졸도 같은 방법으로 그 힘겨운 고통을 회피하지 않고 이겨냈다.

대신 그녀는 돌처럼 딱딱한 무관심의 껍질 속으로 숨어들었다. 그런 상태에서 무자비하게 울려오는 목사의 목소리는 그녀에게 아무런 느낌도 주지 못했다.

　이윽고 헤스터 프린은 전처럼 도도한 태도로 감옥으로 다시 끌려갔고 군중의 시야에서 사라졌다. 그녀를 뒤에서 지켜본 사람들은 헤스터가 어두컴컴한 감옥 통로를 지날 때, 그 주홍 글자가 밝은 빛을 내뿜었다고 수군거렸다.

3 면담

　　　　　감옥으로 돌아온 헤스터 프린이 매우 흥분해 있는 것 같아 간수들은 한시라도 감시를 늦출 수 없었다. 혹시라도 그녀가 자살을 하거나 반쯤 미쳐 아이에게 해를 가할까봐 염려되었기 때문이다. 간수는 아무리 그녀를 진정시키려 해도 잘 되지 않자 의사를 부르는 것이 좋겠다고 생각했다. 사실 헤스터 프린에게뿐 아니라 아이에게도 의사가 필요했다. 아이는 엄마의 젖을 먹으면서 젖과 함께 엄마의 혼란과 고통과 절망을 함께 빨아먹은 것 같았다. 갓난아이는 마치 낮에 헤스터 프린이 겪었던 정신적 고뇌를 재현해내듯 몸부림을 쳤다.

간수의 뒤를 바짝 따라 한 사내가 헤스터 프린이 수감되어 있는 감방에 모습을 나타냈다. 그런데 그 사내는 바로 군중들 틈에 섞여 그녀를 유심히 바라보았던 바로 그 이방인이었다. 그도 이 감방에 있었다. 죄를 지어 갇힌 게 아니라 그를 풀어 준 대가로 치를 몸값을 치안 판사가 인디언 추장과 협의하여 결정할 때까지 이곳에 머무는 것이 가장 편했기 때문이다. 그 사내는 자신의 이름이 칠링워스라고 했다. 그는 자신이 연금술을 연구했고 숲에서 자라는 약초들에 능통해서 웬만한 의사보다 낫다고 자처했다.

감방 안으로 들어선 사내는 간수에게 여자와 단둘이 있게 해달라고 청했다. 그렇게만 해준다면 프린 부인을 얌전하게 만들 수 있다고 장담했다. 사내를 본 순간 헤스터 프린이 마치 죽은 사람처럼 잠잠해졌기에 간수는 그 사람의 말을 믿고 감방 밖으로 나갔다.

간수가 감방 밖으로 나가자 사내는 먼저 아이를 돌보았다. 아이가 계속 침대에서 몸부림치며 울고 있었기 때문이다. 사내는 조심스럽게 아이를 진찰하더니 들고 들어온 가죽가방을 열고 그 안에 있는 약들 가운데 하나를 꺼내 물과 섞었다. 그가 약을 헤스터 프린에게 주면서 말했다.

"자, 여인이여! 이 약을 받으시오. 이 아이는 당신의 아이이지 내 아이가 아니오. 게다가 내 목소리나 얼굴을 제 아비 걸로 여기지는 않을 테니, 이 약을 당신이 직접 아이에게 먹이도록 하시오."

헤스터 프린은 공포에 질린 눈으로 사내를 바라보며 약을 밀쳐냈다.

"당신, 아무 죄 없는 이 아이에게 앙갚음을 할 건가요?" 그녀가 속삭이듯 말했다.

"어리석은 여자 같으니!" 사내가 반은 냉담하게, 반은 달래듯이 대답했다.

"내가 무엇 때문에 잘못 태어난 이 불쌍한 아이를 해친단 말이오? 이 약은 좋은 약이오. 이 아이가 내 아이라 해도, 바로 당신과 나 사이에서 태어난 아이라 할지라도, 이보다 더 좋은 약을 줄 수는 없을 거요."

헤스터가 아직 정신을 제대로 차리지 못하자 사내는 아이를 안고 직접 아이에게 약을 먹였다. 아이는 금세 잠잠해지더니 이내 잠들었다.

이어서 사내는 헤스터 프린의 맥을 짚더니 그녀의 눈을 들여다보았다. 진찰이 끝나자 그는 또다시 약을 조제해서 헤스터 프린에게 주었다. 헤스터 프린은 컵을 받은 뒤 그의 얼굴을 뚫어져라 바라보았다. 공포에 질린 눈길이라기보다는 그의 속마음이 무엇인지 궁금해하는 눈길이었다. 그녀는 잠들어 있는 아이도 바라보았다.

이윽고 그녀가 입을 열었다.

"나는 죽어버릴까 생각했어요. 정말로 죽기를 바랐어요. 하지만 만일 이 잔에 죽음이 들어 있다면 내가 마셔버리기 전에 한 번 더 생각해봐주세요. 자, 잔이 입술에 닿았어요."

그러자 그가 차갑게 말했다.

"마셔요. 헤스터 프린, 당신은 아직 나를 잘 모르는군. 내가 복수를 할 계획이었다면 그걸 이루기 위해서라도 당신을 살려두는 게 더 낫지 않겠나? 당신이 이 치욕의 표시를 가슴에 단 채 살아가게 하는 것보다 더 나은 복수가 어디 있을까?"

그 말과 함께 사내는 길쭉한 집게손가락을 헤스터 프린 가슴의 주홍 글자 위에 올려놓았다. 그 글자는 마치 이글거리는 빨간 불꽃처럼 헤스터 프린의 가슴속으로 타들어가는 것 같았다.

헤스터 프린은 더 이상 망설이지 않고 약을 받아 마셨다. 그리고 사내의 손짓에 따라 아이가 잠들어 있는 침대에 앉았다. 사내도 의자를 끌어와 그 옆에 앉았다. 헤스터 프린은 그가 의사의 역할을 끝냈으니 이제 상처 입은 남편의 입장에서 자기를 대하리라 생각하고 몸을 떨지 않을 수 없었다.

"헤스터 프린, 나는 왜 당신이 잘못된 길로 접어들게 되었는지, 당신이 왜 그 치욕의 처형대에 올라가게 되었는지는 묻지 않겠소. 그 이유야 뻔한 거니까. 내가 어리석고 당신이 나약했기 때문이 아닌가? 나처럼 책벌레에 지나지 않는 사람이, 지식에 굶주려 좋은 시절 다 허송하고 이미 시들어버린 사람이, 당신처럼 젊고 예쁜 사람과 어찌 어울릴 수 있겠나. 꼴사납게 태어난 내가 내 지적인 능력으로 젊은 여자의 환상 속으로 숨어들어가 그 육체적 결함을 감출 수 있다고 생각한 게 그 얼마나 부질없는 망상이었는지! 만일 내가 현명한 사람이었다면 나는 우리의 앞길에 주홍 글자가 장작불처럼 타오르는 것을 이미 보았어야 했소!"

그러자 헤스터가 중얼거렸다.

"전 당신에게 정말 몹쓸 짓을 했어요."

"우리 둘 다 서로에게 몹쓸 짓을 한 셈이지. 잘못을 먼저 저지른 건 나야. 피어오르는 젊음을 지닌 당신과 이미 시들어버린 나. 이 둘을 거짓되고 부자연스러운 관계를 맺게 해서 그 젊음을 배반한 셈이니…… 그러니 나는 복수할 방법을 찾거나 당신에게 무슨 해를 끼칠 방법을 궁리하지는 않을 거요. 하지만 헤스터 프린, 우리 둘 모두에게 해를 가한 남자, 그 남자는 아직 살아 있어! 그 남자가 누구지?"

"그건 묻지 말아주세요." 헤스터 프린이 그를 똑바로 쳐다보며 말했다.

"절대로 말해줄 수 없어요."

"절대로 말해줄 수 없다고? 헤스터 프린, 나에게 진실을 감추겠다는 희망은 품지 않는 게 좋을 거야. 당신이 저 군중들이나 치안 판사들, 신부님들 앞에서는 입을 다물었지만 나는 그들과 다르니까. 나는 불굴의 정신으로 이 세상 비밀을 밝히려 애쓰며 살아온 사람이야. 내가 연금술로 금을 이루려 했듯이 그 사내를 꼭 찾아내고야 말겠소. 내게는 그 사내를 알아볼 수 있는 교감(交感) 같은 것이 있거든. 내가 그 옆에 가면 그 사내가 몸을 떨겠지. 그러면 나도 모르는 새, 내 몸도 떨릴 거야. 그자는 당신처럼 겉에 글자를 수놓고 다니진 않겠지만 나는 그자의 가슴속에 새겨진 글자를 알아볼 수 있어. 하지만 그렇다고 그자를 위해 걱정할 건 없소. 그자를 폭로해서 파멸로 이끌거나 생명을 해치려고 하지는 않을 테니. 그냥 살아가게 할 거야! 그자가 지닌 명예를 그대로 지니고 살게 할 거야! 하지만 그자는 이미 내 손아귀에 들어온 셈이 되는 거지."

헤스터 프린은 당혹감과 오싹함을 동시에 느끼며 말했다.

"당신의 행동은 너그러운 것 같아요. 하지만 당신의 말을 들으니 어쩐지 당신이 더 무서운 사람 같아 보여요."

그러자 사내가 말을 이었다.

"당신이 내 아내였으니, 당신에게 부탁할 게 한 가지 있어. 당신은 당신 정부의 비밀을 지켜주었지. 마찬가지로 내 비밀도 지켜줘! 이곳에는 나에 대해 아는 사람이 없어. 내 청을 꼭 들어주오."

"왜 그런 걸 원하시는 거지요? 왜 사람들 앞에서 당신의 신분을 밝히고 당장 저를 내치시지 않는 거지요?"

"아마도 오쟁이진 남편이란 불명예를 당하기 싫어서인지도 모르지. 그 외에 다른 이유가 있는지도 모르고⋯⋯ 암튼 남들 모르게 살다가 죽는 게 내 소원이야. 제발 남들에게 당신 남편은 이미 죽어버린 사람이라고 말해주오. 그리고 무엇보다 당신의 정부에게는 내 정체를 절대 비밀로 해주시오. 만일 그것을 어기면, 내 손아귀에 든 그자의 명예, 지위, 목숨, 이 모든 게 단번에 사라질 거라는 걸 명심해야 해.”

“그분의 비밀을 지키듯 당신의 비밀도 지키겠어요.”

“맹세하시오.”

그녀는 정말로 맹세를 했다.

“자, 프린 부인, 나는 이만 가보겠소.” 그 말과 함께 이제부터 로저 칠링워스 노인이라고 불리게 될 사내는 감방 밖으로 나갔다.

4 바느질하는 헤스터 프린

마침내 헤스터 프린의 징역 기간이 끝났다. 감옥 문이 활짝 열리고 그녀는 햇빛 속으로 걸어 나왔다. 모든 사람들을 골고루 비추는 햇빛이었지만 헤스터 프린의 지친 마음으로는 오로지 자신의 가슴에 달린 주홍 글자만을 비추고 있는 것 같았다.

호송하는 사람도 없고 뒤따르는 구경꾼도 없이 홀로 감옥 문턱을 넘어오면서 그녀는 전에 많은 사람들 앞에서 치욕을 당했던 그날보다 더 뼈저린 고통을 느꼈는지도 모른다. 그때 헤스터 프린은 이상할 정도로 긴장하고 있었고, 자신이 지닌 생명력을 아낌없이 쏟아부으며 그것을 이겨낼 수 있었다.

그리고 자신을 준엄하게 심판한 그 법이, 오히려 그녀를 부축해주고 있었다. 그녀는 그 힘으로 그 모든 치욕을 이겨낼 수 있었다.

하지만 지금 그녀는 홀로였다. 이제 오로지 그녀 자신의 힘으로 모든 일상생활을 해나가야 한다. 이제 그녀 앞에는 그녀가 지닌 평범한 본능의 힘으로 삶의 무게를 지탱하며 살아가거나, 아니면 그 밑에 깔려 쓰러지거나 둘 중의 하나가 놓여 있는 셈이었다.

그녀 앞에 미래는 없었다. 미래는 현재의 치욕을 씻어주거나 덮어주는 게 아니라, 매번 새로운 시련을 가져올 것이며, 그 새로운 시련은 언제나 지금 겪고 있는 시련처럼 견디기 어렵고 고통스러울 것이다. 미래는 결코 짐을 내려놓게 하지 않을 것이며 계속 똑같은 짐을 지고 가게 할 것이다. 그리하여 그녀는 목사와 도덕군자가 원했듯, 여성의 나약함과 죄 많은 정욕을 대표하는 상징이 되어갈 것이다. 그리고 사람들은 가슴에 불타는 주홍 글자를 새기고 있는 그녀, 훌륭한 부모에게서 태어난 그녀, 지난날 순결했던 그녀를 죄의 화신으로 바라보도록 가르침을 받을 것이다.

사실 그녀가 이곳 후미지고 외딴 청교도들의 식민지에서만 살아야 한다는 판결을 받은 것도 아니었다. 그녀는 마음대로 고향으로 갈 수도 있었고, 유럽의 어느 땅이든 택해 새롭게 살아갈 수도 있었다. 하지만 그녀는 그렇게 하지 않았다. 자신이 치욕의 상징 역할밖에 할 것이 없는 이곳을 그녀가 떠나지 않은 것은 어찌 보면 정말 이상한 일이었다.

하지만 이 세상에는 숙명이라는 것이 있다. 자신의 일생을 그 어떤 색깔로 물들이게 만든 사건이 벌어진 곳을 떠나지 못하고 유령처럼 떠돌게 만드는 저항할 수 없고 피할 수도 없는 그런 운명적 힘! 그녀도 그런 운명적 힘을 느꼈다. 게다가 삶을 슬프게 물들인 그 색조가 어두우면 어두울수록 그 힘은 더 강해지기 마련이다. 그래서 헤스터 프린에게 이 땅은 마치 자기가 한평생 살아야 할 고향처럼 변해버렸고, 그녀가 태어나서 자란 영국의 시골마을조차 이곳에 비하면 낯설게 여겨졌다. 그녀를 이곳에 얽매어놓은 쇠사슬을 도저히 끊으려 해도 끊을 수 없게 돼버린 것이다.

하지만 그것만이 아닐지도 모른다. 또 다른 감정이, 자신도 모르게 뱀이 구멍에서 기어 나오듯 슬그머니 그 생각이 들 때마다 파랗게 질리게 만들던 또 다른 감정이 그녀를 이 숙명적인 장소에 묶어두고 있는지도 몰랐다. 바로 이곳에, 자신과 하나로 연결되어 있다고 그녀가 생각하는 사람, 비록 이 땅에서는 용납될 수 없는 결합이었지만 둘이 최후의 심판대에 서서 영원한 징벌의 징표로서 그곳에서 새롭게 결합될 수도 있을 그 사람이 이곳에 살고 있었으며 발을 딛고 있었다.

물론 그녀는 그 생각이 들 때마다 화들짝 놀라며 그 생각을 몰아내려고 애썼다. 마침내 그녀는 자신이 이곳 뉴잉글랜드에서 살아야 하는 이유, 반은 진실에 가깝고 반은 자기기만에 가까운 이유를 찾아냈다. 자신이 죄를 지은 곳이 바로 이곳이니, 지상에서 형벌을 받아야 하는 곳도 마땅히 이곳이 아니냐는 것이었다. 그리고 나날이 겪은 치욕과 고통으로 인해 마침내 자신의 영혼이 정화되어 잃어버린 순결 상태를 되찾을 수 있지 않겠느냐는 것이었다.

그런 이유로 헤스터 프린은 이 고장에서 도망치지 않고 외딴 변두리의 작은 오두막집에서 아이와 함께 살았다. 그 집은 바닷가에 있었으며 만에 위치하고 있는 작은 숲이 이 오두막을 가려주었다.

그녀는 외로웠고 그 누구 찾아주는 사람 하나 없었다. 하지만 그녀는 생활고에 시달리지는 않았다. 그녀에게는 한창 무럭무럭 자라나는 아이와 자신이 먹고살 정도의 돈을 벌 수 있는 재주가 있었다. 그것은 예나 지금이나 여자들이 지닌 거의 유일한 솜씨라고 할 수 있는 바느질이었다.

그녀의 가슴에는 그녀의 섬세하고 상상력이 풍부한 솜씨를 자랑이라도 하듯, 정성껏 수놓은 글자가 달려 있었다. 물론 이곳은 청교도풍의 검소한 생활이 강조되고 있었으므로 그녀의 화려한 솜씨가 크게 빛을 발하지는 못했다. 하지만 온갖 화려한 유행 풍습을 고국에 버리고 온 사람들이라 할지라도 성직 수임식이나 치안 판사 취임식 같은 새 정부의 위엄을 보여줄 필요가 있는 온갖 공식 행사에서는 공직의 위엄을 빛내줄 장식들이 고위직 남녀 모두에게 필요했다. 사치 금지법은 이런 식으로 사치를 부리는 것을 엄하게 금하고 있었다. 하지만 그 법은 일반 서민에게나 엄격하게 적용되었을 뿐, 부자나 권력자에게는 사실상 적용되지 않았다. 또한 장례식에서도 시신을 장식하거나 유족들의 슬픔을 두드러지게 하기 위한 상징적 의장(意匠)의 수요가 많았다. 헤스터 프린은 이 모든 것들로 어렵지 않은 생활을 해나갈 수 있었다.

점차, 자못 빠른 속도로 헤스터 프린의 바느질 수공예품은 제법 유행이라고 할 만한 것이 되어갔다. 그녀가 수놓은 자수는 총독의 주름 깃 위에서도 볼 수 있었으며, 군인들이 어깨에 메는 전대, 목사들의 가슴 띠에서도 볼 수 있었다. 또한 갓난아기의 자그마한 모자 위를 장식하기도 했고 관 속에 들어가 시체와 함께 썩기도 했다.

헤스터 프린은 자신을 위해서는 가장 금욕적인 생계유지를 위한 것 이상의 돈을 쓰지 않았다. 다만 갓난아이를 위해서는 약간 사치를 부렸다. 자신은 투박한 천으로 만든 어두운 빛깔의 옷을 입었지만 딸에게는 환상적이라고 할 만한 기교를 부린 옷을 입혔다. 딸은 여느 어린아이에게서는 보기 힘든 비현실적인 매력이 풍겼다.

헤스터 프린은 어린아이를 곱게 치장하는 데 드는 얼마 안되는 돈을 제외한 나머지는 자신보다 더 비참할 것도 없는 가난한 사람들에게 모두 나누어주곤 했다. 그리고 그렇게 살아가면서 이 세상에서 자신이 해야 할 몫을 분명히 찾게 되었다. 하지만 그녀는 자신이 진정으로 이 사회에 속해 있다는 느낌을 가질 수는 없었다. 그녀가 접하는 모든 사람들의 말과 행동, 심지어 그들의 침묵까지도 그녀가 그들 중의 하나가 아님을 은연중 드러내고 있었다. 심지어 헤스터가 적선을 베풀며 도와준 사람들도 그들이 받은 것을 번번이 욕지거리로 갚았다. 귀부인들 또한 그녀가 일 때문에 문을 두드리면 그녀의 가슴에 못을 박기 일쑤였으며 때로는 뜬금없이 욕설을 퍼부어대기도 했다.

낯선 사람도 마찬가지였다. 그들은 이상하다는 듯 주홍 글자를 뚫어져라 바라보며 헤스터 프린의 영혼에 새롭게 낙인을 찍었다. 그 징표가 달린 곳은 아무리 세월이 가도 무감각해지기는커녕 오히려 매일매일 받는 고통 때문에 더 예민해지는 것 같았다.

5 펄

우리는 아직 어린아이, 하나님의 헤아릴 길 없는 섭리에 의해 생명을 부여받은 그 아이, 죄 많은 정념이라는 그 썩는 듯한 풍요로움에서 태어난 아름다운 불멸의 꽃인 그 아이에 대해서는 별로 이야기를 하지 않았다. 아이가 자라면서 점차 예뻐지고 그 얼굴에 슬기의 빛이 어리는 것이 이 슬픈 어미의 눈에는 얼마나 신기했을까?

헤스터 프린은 딸아이의 이름을 진주를 뜻하는 펄이라고 지었다. 하지만 그 이름은 아이가 진주 같아서 지은 이름은 아니었다. 그 애는 진주가 지닌 차분한 흰색, 혹은 진주에서 풍기는 해맑으면서 정열에 들뜨지 않은 성격과는 거리가 멀었다. 그런데도 헤스터가 딸아이 이름을 펄이라 지은 것은 그 애가 자신의 모든 것을 바친 대가로 얻은 그 무엇보다 소중한 보물이었기 때문이다.

그녀에게 더없이 소중한 보물이 생겼다는 것, 그것은 정말 신기한 일이 아닌가! 사람들은 그녀에게 죄의 징표로 분홍 글자를 새겨놓았다. 그 글자의 힘은 너무 강력했고 불길했기에 그녀처럼 죄를 지은 사람이 아니라면 그 누구도 인간적 동정심을 그녀에게 베풀지 않았다. 그런데 인간이 벌을 준 그 죄악의 직접적인 결과로 하나님께서는 그녀에게 사랑스런 아이를 주셨다. 그 아이가 차지하고 있는 자리는 비록 더럽혀진 엄마의 가슴이지만 그 아이는 그의 부모를 영원히 인류와 그 자손에게 연결해줄 것이며 마침내 천국에서 축복받은 영혼이 되리라!

하지만 그런 생각들은 헤스터 프린에게 희망을 심어준 것이 아니라 두려움을 심어주었다. 그녀는 자신의 행실이 죄악이었음을 잘 알고 있었다. 따라서 그녀는 그 행실의 결과가 좋으리라는 믿음을 가질 수 없었다. 그녀는 하루가 다르게 자라나는 아이의 모습과 성격을 살펴보며 그 아이를 태어나게 한 죄과에 상응하는 어떤 어둡고 야만적인 특징이 나타나지나 않는지 늘 두려워하며 지내야 했다.

아이는 더없이 아름다웠다. 하지만 티 없이 완벽한 아름다움과는 거리가 있었다. 아이의 아름다움은 말하자면 변화무쌍한 아름다움이었다. 헤스터 프린은 가장 질 좋은 옷감을 구한 뒤, 자신의 상상력을 한껏 발휘하여 화사한 옷을 만들어 펄에게 입혔다. 아이의 아름다움은 그 화사한 옷에 눌리지 않고 오히려 빛을 발했다. 게다가 마구 뛰어 놀다가 옷이 찢어지고 더러워져도 아이의 아름다움은 조금도 손상되지 않았다. 말하자면 펄의 내부에는 어린 공주가 지닌 화려함으로부터 농부의 딸이 지닌 들꽃과도 같은 아름다움에 이르기까지 모든 아이의 모습이 다 들어 있는 것 같았다.

그런데 그렇게 다양한 것은 펄의 외모만이 아니었다. 그 아이의 성격도 그렇게 종잡을 수 없었다. 아마 어머니의 정신적 갈등이 알게 모르게 딸에게 전달되어 고스란히 남은 것 같았다. 펄은 통제하기 어려웠고 반항적이었다.

물론 헤스터 프린은 당시 풍습대로 아이를 엄하게 키우려고 노력했다. 하지만 그것은 그녀의 힘으로는 벅찬 일이었다.

그녀는 결국 아이가 자기 하고 싶은 대로 하도록 내버려두었다. 아무리 애걸하고 타일러도 별수 없다는 것을 알고 체념한 것이다.

펄은 영리했다. 하지만 때로는 악의에 찬 모습을 보이거나 지나칠 정도로 발랄해서 그때마다 어머니는 과연 펄이 인간의 자식인지 의심하기도 했다. 펄은 마치 오두막집 마루에서 장난치며 놀다가 하늘로 올라가버린 공기의 요정 같았다. 그럴 때면 헤스터 프린은 딸을 가슴에 왈칵 끌어안고 정신없이 입을 맞추었다. 애정이 넘쳐서라기보다는 펄이 분명 살과 피로 이루어진 인간이지 요정이 아니라는 것을 확인하기 위해서였다. 그러면 펄은 얼굴에 기쁨이 흘러넘치는 미소를 지었지만, 그럴수록 어머니는 더욱 큰 불안과 의구심에 시달렸다.

그토록 값비싼 대가를 치르고 얻은 딸—이 세상에 하나밖에 없는 소중한 보물—과 자신 사이에 이렇게 당혹스럽고 이해 불가능한 간극이 존재한다는 것이 견딜 수 없어서 헤스터 프린은 자주 울음을 터뜨렸다. 그러면 펄은 얼굴을 찌푸리며 자신의 작은 주먹을 꽉 쥔 채, 그 자그마한 얼굴에 불만이 가득 찬 굳은 표정을 짓곤 했다.

드문 일이긴 해도 펄이 인간의 슬픔이라는 것은 모르는 사람인 양 크게 웃는 적도 있었다. 혹은—이건 더 드문 일이었지만—슬프게 흐느껴 울면서 어머니를 사랑한다고 말하기도 했다. 하지만 헤스터 프린은 그 애정을 순순히 받아들일 수 없었다. 그것은 나타날 때와 마찬가지로 순식간에 사라져버렸기 때문이다. 그러면 어머니는 정령을 깨우는 데는 성공했지만 그것을 다스리는 데 실패한 것 같은 기분을 느끼곤 했다. 그렇기에 어머니는 펄이 잠들었을 때만 마음이 편할 수 있었다. 그때는 아이가 분명히 자신의 아이 같아서 조용히 슬픈 마음으로 행복을 맛보았다.

　정말 눈 깜짝할 사이에 세월이 흘러 펄이 어머니의 품을 벗어나 남들과 어울릴 수 있는 나이가 되었다. 만일 펄이 장난꾸러기 아이들과 어울리면서 내는 목소리를 헤스터가 아이들 사이에서 들을 수 있었다면 그녀는 마냥 행복했을 것이다. 하지만 펄은 아이들과 어울릴 수 없었다. 펄은 자신이 외로운 존재라는 것, 자신 주변에는 둥근 원이 쳐져 있다는 것을 본능적으로 알고 있는 것 같았다. 펄은 어머니처럼 인간 사회로부터 멀리 떨어진 원 속에 함께 소외되어 있었다.

하지만 펄은 외로운 것 같지 않았다. 그 애는 어머니의 오두막집 안과 주변에서 상상 속의 친구들을 만들어 함께 놀았다. 그 애는 마치 사물과 마음이 통하는 것 같았다. 지팡이, 누더기 뭉치, 꽃 한 송이 같은 것들이 펄이 부리는 마술의 꼭두각시가 되어 그녀의 마음속 무대에서 연기를 했다. 검고 우람한 소나무가 그 애의 목소리를 따라 교회 장로 역할을 했으며 뜰에 자라고 있는 하찮은 들풀은 그들의 자식들이 되었다. 펄은 그 잡초를 후려치거나 아예 사정없이 뿌리째 뽑아버리기도 했다.

펄이 그렇게 자신이 창조한 환상의 인물들과 노는 것은 그다지 이상한 게 아닐지도 모른다. 인간이라는 친구가 없었기에 총명한 펄이 나름대로 놀이 방법을 찾았다는 건 어찌 보면 당연하다. 하지만 펄은 자신이 창조해낸 생명체를 적의를 가지고 대했다. 그 아이는 단 한 번도 친구를 만든 적이 없었다. 그 애가 만든 것은 언제나 무장한 적들이었고, 그들이 나타나자마자 펄은 사납게 그것들에게 달려들었다. 세상 전체를 그렇게 적대적으로 만드는 딸의 모습을 바라보는 것은 헤스터 프린에게는 참으로 쓰라린 일이었다.

그런 펄을 바라보며 헤스터 프린은 가끔 자신도 모르게 신음 비슷한 소리를 내기도 했다.

"오, 하늘에 계신 아버지시여!— 당신이 여전히 저의 아버지시라면!— 제가 이 세상에 내어놓은 이 아이는 대체 어떤 아이인가요?"

그러면 펄은 어머니에게 고개를 돌리고 그 요정처럼 상큼한 미소를 지은 뒤 다시 놀이에 빠져들곤 했다.

그 아이에 대해 해줄 말이 한 가지 더 남아 있다. 그 애가 이 세상에 태어나서 제일 먼저 알아본 것은 무엇이었을까? 그것은 다른 아이들처럼 상냥한 어머니의 미소가 아니었다. 그 애가 제일 먼저 의식한 것은 헤스터 프린의 가슴에 달려 있는 주홍 글자였던 것이다! 어느 날 헤스터가 아이가 누워 있는 요람 위로 허리를 굽혔을 때, 갓난아이가 눈을 빛내며 불쑥 손을 뻗어 그 주홍 글자를 붙잡았다. 갓난아이는 아이로서의 천진한 미소를 띠고 있다기보다는 훨씬 성숙한 아이에게서 볼 수 있는 즐거운 표정을 분명히 짓고 있었다. 그때부터 헤스터 프린은 잠시도 마음을 놓을 수 없었다. 물론 펄이 주홍 글자를 눈여겨보지 않은 채 몇 주일이 지나갈 때도 있었다. 하지만 펄은 다시 야릇한 미소를 띠며 그 글자에 시선을 고정하곤 했다.

펄이 뛰어다니며 놀 만큼 자란 어느 여름날 오후였다. 펄은 들꽃을 한 움큼 꺾어서 어머니의 가슴에 한 송이, 한 송이씩 던지며 놀고 있었다. 아이는 주홍 글자를 맞힐 때마다 작은 요정처럼 깡충깡충 뛰었다. 처음에는 헤스터가 두 손으로 가슴을 가려 막으려 했다. 하지만 그녀는 곧 그것을 가리려는 충동을 억누르고 꼿꼿이 앉아서 어린 펄의 야성적인 눈을 슬픈 표정으로 바라보았다. 꽃송이가 모두 동이 나자 펄은 꼼짝 않고 서서 헤스터 프린을 뚫어지게 바라보았다. 그녀는 문득 그런 딸의 눈초리에서 뭔가 낯선 모습을 본 것만 같았다. 마치 악마처럼 악의에 찬 미소가 그 얼굴에 어려 있는 것 같았다.

헤스터가 참지 못하고 외쳤다.

"얘야, 너는 도대체 누구니?"

"난 엄마의 귀여운 펄이지."

"정말로 엄마 딸이 맞아?"

"그럼, 난 엄마의 귀여운 진주야."

"너는 내 딸이 아니야. 너는 내 진주가 아니야." 헤스터 프린은 약간은 장난기를 섞어서 말했다. 깊은 고통 속에서도 장난을 치고 싶은 충동이 가끔 들었던 것이다.

"그러니, 네가 누구인지, 누가 너를 여기로 보냈는지 말해 줄래?"

그러자 펄이 헤스터 프린에게로 다가와서 무릎에 기대고 진지하게 물었다.

"엄마가 말해줘. 엄마가 가르쳐달란 말이야!"

"하늘에 계신 아버지께서 보내주신 거지." 헤스터 프린이 대답했다.

그러자 펄이 헤스터 프린 가슴의 주홍 글자를 만지작거리면서 말했다.

"하나님이 나를 보낸 게 아니야. 내게는 하나님이 없어."

"입 다물어, 펄! 입 다물지 못해! 그런 말하면 못써! 우리 모두는 하나님이 보내주신 거야. 그분은 엄마도 보내주셨어. 너도 마찬가지야. 그렇지 않다면 너는 도대체 어디서 온 거니?"

그러자 펄이 진지한 태도를 바꾸어 장난처럼 마루를 깡충깡충 뛰어다니며 말했다.

"말해줘! 말해달란 말이야! 엄마가 말해줘야 해!"

그때 헤스터 프린에게는 펄을 악마의 자식이라고 수군대는 이웃 사람들의 쑥덕공론이 떠올랐다. 뉴잉글랜드의 청교도 사회에서는 혈통이 불분명하면 모두들 악마의 자식이라고 떠들어댔다.

6 총독 저택 방문

어느 날 헤스터 프린은 테두리에 장식을 붙이고 수를 놓은 장갑 한 켤레를 들고 벨링엄 총독의 저택을 방문했다. 총독의 주문을 받은 장갑이었다. 하지만 그녀에게는 그보다 더 중요한 용무가 있었다. 그녀는 영향력 있는 주민들이 자신에게서 펄을 빼앗아가려 한다는 소문을 들었던 것이다. 펄이 악마의 자식이라면 어미의 영혼을 구원하기 위해서 그녀의 앞길을 가로막는 장애물을 제거하자는 명분이었고, 반대로 펄이 구제받을 가능성이 있는 아이라면 헤스터 프린보다 나은 사람에게 그녀의 양육을 맡겨야 한다는 주장이었다. 그리고 그런 계획을 추진하는 사람들 가운데 벨링엄 총독이 가장 열심이라는 소문이었다.

헤스터 프린은 펄과 함께 집을 나섰다. 펄은 헤스터가 타고 난 상상력을 한껏 발휘하여 지은 화려한 옷을 입고 있었다. 아주 색다른 디자인에, 화려한 금실장식을 수놓은 진홍색 벨벳 옷을 어머니가 입힌 것이다. 보통 아이가 그런 화려한 옷을 입었다면 아마 혈색이 죽어 파리하게 보였을 것이다. 하지만 그 옷은 펄의 혈색과 미모에 더할 나위 없이 잘 어울렸다. 펄은 마치 아주 눈부신 불꽃이 춤을 추고 있는 것 같았다.

하지만 그렇게 두드러진 외모의 아이를 바라보는 사람들은 저도 모르게 헤스터 프린이 가슴에 달고 있는 그 징표를 떠올렸다. 그들에게 아이는 바로 살아 숨 쉬는 주홍 글자로 여겨졌던 것이다. 사람들의 그런 마음은 아이들에게도 전달이 되었는지, 그들이 길을 가자 아이들이 손가락질을 하며 말했다.

"얘들아, 저기 좀 봐. 저기 주홍 글자를 단 여자가 지나가네. 그리고 주홍 글자하고 똑같은 게 옆에 따라가고 있어."

그러면서 아이들은 모녀에게 진흙을 던졌다. 하지만 펄은 지지 않았다. 그 애는 씩씩거리며 용감하게 아이들에게 달려가 그들을 쫓아버렸다. 싸움에 이기고 돌아온 펄은 방긋 미소를 지으며 어머니를 올려다보았다.

얼마 뒤 그들은 벨링엄 총독의 저택에 도착했다. 전체적으로 밝은 분위기를 풍기는 집이어서 근엄하고 나이 지긋한 청교도 지도자의 집이라기보다는 화려한 알라딘 궁전 같았다.

헤스터 프린이 문에 달려 있는 무쇠 망치를 집어 들고 문을 두드리자 하인이 나타났다.

"벨링엄 총독님 댁에 계시는지요?" 헤스터가 물었다.

"네, 계십니다." 하인은 눈을 휘둥그레 뜨고 헤스터 프린 가슴의 주홍 글자를 보며 대답했다. 그는 이곳에 온 지 얼마 안 되었기에 주홍 글자가 무엇을 의미하는지 모르고 있었던 것이다. 그가 이어서 말했다.

"하지만 지금은 뵐 수 없습니다. 지금 손님들과 계십니다. 목사님 두 분이랑 의사 선생님과 함께 계십니다."

헤스터가 그래도 꼭 뵈어야겠다고 당당하게 말하자 하인은 모녀를 안으로 안내했다. 모녀는 하인의 안내로 홀에서 기다렸다. 펄은 모든 것이 신기한 듯 벽에 걸린 그림들도 열심히 바라보고 창가로 가서 정원을 바라보기도 했다.

이윽고 정원에 난 길을 따라 벨링엄 총독이 나타났으며 그의 뒤를 윌슨 목사가 따르고 있었다. 목사는 강단에 섰을 때, 혹은 헤스터 프린이 지은 죄를 공개석상에서 단죄할 때는 엄격한 태도를 보였는지 몰라도 사생활에서는 인정 많고 자비로웠기에 사람들로부터 그 어느 목사보다 사랑받고 있었다.

그들의 뒤를 따라 다른 손님들이 모습을 보였다. 그 가운데 한 명은 헤스터 프린이 처형장에서 치욕을 겪을 때 한몫 담당했던 아서 딤스데일이라는 젊은 목사였다. 그리고 그 목사 바로 곁에 두세 해째 이곳에 자리를 잡고 있는 로저 칠링워스라는 노인이 따르고 있었다. 이 박학한 노인은 젊은 목사를 돌보는 친구이자 의사로 알려져 있었다. 딤스데일은 자기 몸을 돌보지 않고 성직자로서의 의무를 성실하게 수행하다보니 몸이 무척 쇠약해져 있었던 것이다.

그들이 홀 입구에 들어섰을 때 그들 눈에 먼저 띈 것은 펄이었다. 헤스터 프린은 커튼 그림자에 몸의 일부가 가려져 있었던 것이다. 펄을 보자 총독이 놀라며 말했다.

"아니, 이게 누구냐? 꼭 제임스 왕 시절에 궁전 가면무도회에서 보던 꼬마 요정 모습이로구나. 이런 요정이 우리 집 홀에 어떻게 들어올 수 있었을까?"

그러자 윌슨 목사가 맞장구를 쳤다.

"정말입니다. 너는 주홍색 깃을 가진 작은 새로구나! 이런 건 고국에서나 볼 수 있지 여기서는 볼 수 없는데…… 너희 어머니가 왜 이렇게 이상한 옷을 차려입힌 거지? 너도 예수 그리스도를 믿는 집 아이겠지? 교리 문답할 줄 아니? 그렇지 않다면 너는 정말 꼬마 요정이니? 우리가 고국 땅에다 두고 온 요정 말이다."

그러자 주홍빛 요정이 대답했다.

"저는 우리 엄마 딸이에요. 내 이름은 펄이에요."

"펄이라고? 아니, 그보다는 루비나 산호가 낫겠다. 얼굴 빛깔로 봐서는 빨간 장미가 어울릴지도 모르지. 그런데 네 엄마는 지금 어디 계시니?"

말을 마친 윌슨 목사는 벨링엄 총독에게 낮게 말했다.

"이 아이가 바로 우리가 방금 의논했던 아이입니다. 아, 이 아이의 불행한 어머니 헤스터 프린이 저기 있군요."

그러자 총독이 소리쳤다.

"아, 그래요? 그것 정말 잘됐네요. 마침 그 여인이 왔으니 우리 함께 그 문제를 상의해보지요."

홀 안으로 들어선 총독은 헤스터 프린을 보고 말했다.

"헤스터 프린, 우리는 최근에 신중히 논의를 했소. 저 아이의 영혼을 세상길을 걷다가 함정에 빠진 여인에게 맡긴다는 게 옳은 일인지, 우리의 양심의 책무를 다하는 것인지에 대해서 말이오. 자, 저 아이의 어머니인 당신이 직접 말해보구려. 당신이 정말 저 아이에게 하나님의 진리를 제대로 가르칠 수 있겠소?"

그러자 헤스터 프린이 가슴에 달고 있는 주홍 글자에 손을 대며 말했다.

"이걸 통해 배운 걸 펄에게 가르쳐줄 수 있어요."

"이보시오, 그건 치욕의 징표일 뿐이오." 총독이 근엄하게 말했다.

"우리는 그 주홍 글자가 드러내는 오점 때문에 저 아이를 다른 곳에 맡기려는 것이오."

헤스터 프린은 얼굴이 창백해졌지만 침착하려 애쓰며 말했다.

"하지만 이 징표가 제게 가르쳐준 게 있어요. 매일 제게 가르쳐주지요. 그리고 지금도 제게 가르쳐주고 있어요. 제게는 도움이 될 수 없을지 몰라도 제 아이를 더 현명하고 착하게 키울 수 있는 그런 교훈을요."

그러자 총독이 윌슨 목사에게 말했다.

"목사님, 이 아이가 그 나이 또래가 받아 마땅한 기독교 교육을 제대로 받았는지 한번 알아봐주시겠습니까?"

목사는 펄에게 물었다.

"펄, 넌 누가 너를 만들었는지 알고 있느냐?"

펄은 그 질문에 얼마든지 제대로 대답할 수 있었다. 믿음이 두터운 집안에서 자란 헤스터 프린이 하늘나라 아버지에 대한 이야기를 해주었고 교리문답 공부도 충분히 했기 때문이다. 하지만 아주 적절하지 못한 때에 펄의 심술이 돋았다. 그애는 손가락을 입에 넣은 채 자기는 누가 만들어준 게 아니라, 엄마가 감옥 문가에 자란 들장미 덤불에서 꺾어온 것이라고 대답했다.

펄의 대답을 듣자 그때까지 가만히 있던 로저 칠링워스 영감이 미소를 잔뜩 머금은 채 곁에 있는 젊은 목사의 귀에 뭐라고 속삭였다. 너무 아슬아슬한 운명의 순간을 맞이하고 있었기에 이제까지 그를 주목하지 않았던 헤스터 프린은 그의 모습을 보고 깜짝 놀랐다. 그의 모습이 너무나 달라져 있었던 것이다. 함께 다정하게 지냈던 시절에 비해 어떻게 저렇게 보기 흉하게 변했단 말인가! 본래 검던 얼굴은 더 검게 변했고, 몸은 더 기형적이 되어 있었다. 하지만 그녀는 곧바로 눈길을 돌려 총독에게서 무슨 이야기가 나오는지 주목했다.

총독이 말했다.

"이거 참 놀라운 일이로군! 세 살이나 된 아이가 자기를 누가 만들었는지도 모른다니! 다른 건 물어보나 마나겠군!"

그러자 헤스터 프린이 펄을 품안에 껴안으며 절규하듯 소리쳤다.

"이 아이는 하나님께서 제게 주신 거예요. 하나님은 당신이 제게서 빼앗아간 것에 대한 보상으로 이 애를 주신 거예요! 하늘이 무너져도 절대로 이 애를 빼앗기지 않겠어요! 그러느니 차라리 제가 먼저 죽어버리겠어요!"

그 말과 함께 그녀는 문득 무슨 충동을 느꼈는지 이제까지 아무 말이 없던 딤스데일 목사에게로 고개를 돌리고 외쳤다.

"목사님, 목사님이 저를 위해 말씀 좀 해주세요. 목사님은 저의 목사님이셨고 제 영혼을 맡으셨던 분이잖아요. 그러니 이분들보다는 저에 대해 잘 아실 거 아니에요! 저는 아이를 잃을 수 없어요! 어서 저를 위해 말씀 좀 해주세요!"

헤스터 프린이 미친 듯 절규하자 딤스데일 목사는 파랗게 질린 얼굴로 가슴에 손을 얹고 앞으로 나섰다. 헤스터가 군중 앞에서 치욕을 당할 때 모습보다 훨씬 더 수심에 싸인 얼굴이었고 훨씬 더 수척해 있었다.

젊은 목사는 마침내 입을 열고 부드럽고 떨리는 목소리였지만 홀 안에 반향을 일으킬 정도의 힘 있는 목소리로 말했다.

"그녀의 말에는 진실이 담겨 있습니다. 아비의 죄와 어미의 치욕이 낳은 이 아이도 분명 하나님에게서 나왔습니다. 하나님의 뜻은 저토록 간절하고 비통하게 탄원하는 저 여인의 마음속에 역사하고 있습니다. 이 아이는 축복으로 주어진 것입니다. 어미의 삶에서 단 하나뿐인 축복 말입니다. 또한 이 아이는 저 여인에게 징벌의 징표로 주어진 것이기도 합니다. 그 축복의 기쁨 한가운데서 나타나는 가책이요, 고문, 고뇌의 징표입니다. 이 여인은 하나님께서 역사하신 그 뜻을, 그 엄숙한 기적을 진심으로 깨닫고 있습니다. 이 은혜로 말미암아 이 여인은 캄캄한 죄의 구렁텅이로 더 이상 빠지지 않을 수 있습니다. 이 가엾고 죄 많은 여인에게 불멸의 영혼을 지닌 어린아이, 영원한 기쁨과 슬픔을 줄 수 있는 어린아이를 맡긴다는 것은 곧 하나님의 뜻을 따르는 일입니다. 이 아이는 어미에게 천국으로 가는 길을 가르쳐줄 것입니다. 바로 그 점에서 죄지은 아비보다 죄지은 어미가 더 행복합니다. 이 두 모녀를 위해서 하나님의 뜻대로 이 둘을 그대로 내버려두시는 게 좋으리라 생각합니다.”

원래 너그러운 윌슨 목사는 강하게 고집을 부릴 생각이 없었다. 그가 총독에게 은근한 눈길을 보내자 젊은 목사의 열변에 어느 정도 설득을 당한 총독이 딤스데일에게 말했다.

“목사님 말씀이 옳을지도 모르겠소. 암튼 이 문제는 우선은 지금 상태 그대로 둡시다. 적어도 이 여인에게 다른 추문이 생기지 않는 한 말이오. 그리고 윌슨 목사님과 딤스데일 목사님은 적당한 때에 이 아이에게 교리문답 시험을 보게 하고, 때가 되면 학교에도 가고 교회에도 나올 수 있도록 신경을 써주기 바라오.”

문제가 만족스럽게 해결되자 헤스터 프린은 펄과 함께 총독의 저택을 나서서 집으로 돌아갔다.

7 의사

　　　　　로저 칠링워스라는 이름 속에는 다른 이름이 숨어 있으며 본인이 그 정체를 숨기고 있다는 것을 독자 여러분들은 이미 잘 알고 있을 것이다. 또한 독자 여러분이 이미 짐작했겠지만 그는 군중 앞에서 치욕을 당한 여인이 함께 단란한 가정을 꾸리길 원했던 장본인이었다.

　그는 자신의 신분을 철저히 숨기기로 작정했다. 치욕스런 여인과 자신이 어떤 식으로든 엮이는 것을 원치 않았기 때문이다. 그녀와의 관계를 알리는 것은 그녀가 겪은 치욕 속으로 자신도 뛰어드는 것을 의미하기 때문이었다. 그는 그녀의 침묵에 힘입어 아예 인류의 명단에서 자신을 지워버리길 원했다. 그리고 지난날의 인연이며 이해관계는 마치 자신이 바다에 빠져죽어버려 이 세상에서 완전히 사라진 것처럼 되어버리길 원했다.

일단 그 목적을 이루자 그에게 새로운 흥밋거리와 새로운 목표가 생겼다. 그 목표는 범죄라고까지 할 수는 없더라도 아주 음험한 것이었으며, 그의 온갖 능력을 쏟아야 할 만큼 강력한 힘을 지닌 것이기도 했다.

그 결심을 실행에 옮기기 위해 그는 그의 학문과 지혜를 앞세운 채 이 청교도 마을에 터를 잡고 의사 행세를 했다. 당시 식민지에는 의술과 외과 기술을 갖춘 사람이 드물었기에 그는 많은 사람들에게 환영을 받았다. 실제로 그가 그곳에 정착하기 전까지 보스턴에는 나이 지긋한 약제사 한 명이 시민의 건강을 도맡아 책임지고 있었다. 하지만 그 약제사 겸 이발사가 마치 의사 면허증을 지닌 것처럼 행세할 수 있었던 것은 그의 의료기술 덕분이 아니라 그가 지닌 경건한 신앙과 독실한 태도 덕분이었다고 보는 것이 옳다. 그곳에 한 명밖에 없는 이 외과의사는 매일 이발용 면도칼을 휘두르다가 간혹 한 번씩 고상한 외과수술 솜씨를 보이는 것이 고작이었다. 그러니 로저 칠링워스 같은 인물이 그곳에 나타났다는 것은 엄청난 사건이었고 행운이었다. 그는 온갖 의술에 통달했으며, 더욱이 인디언들에게 억류되어 있을 때 온갖 약초에 대한 지식을 터득했다. 얼마 지나지 않아 그는 대단한 학자로 인정받았으며 종교적으로도 모범적인 사람으로 인정받았다.

그는 자신의 영적 지도자로 딤스데일 목사를 택했다. 사람들은 옥스퍼드 대학에서 여전히 학자로서의 명성을 떨치고 있는 이 젊은 목사가 이 미약한 뉴잉글랜드 교회를 위해 위대한 업적을 세우리라 기대하고 그를 하늘의 사도로서 우러렀다. 그런데 그런 위대한 사명을 지녔다고 사람들이 믿고 있는 그의 건강이 요즘 들어 눈에 띄게 나빠지기 시작했다. 그를 잘 알고 있는 사람들은 그가 연구에 너무 몰두해 있으며 성직자로서의 직분을 너무 성실하게 수행하기 때문이라고 말했다. 게다가 너무 자주 금식과 철야기도를 하는 것이 그의 건강을 결정적으로 해친다고 말했다. 사람들은 만일 그가 죽는 일이 벌어진다면 그것은 그분이 이 땅에 발을 딛고 살기에는 너무 성스러운 사람이기 때문이라고 장담했다. 목사의 건강에 대해 이렇게 말들이 많았지만 그가 점점 쇠약해진다는 것은 분명한 사실이었다. 그의 몸은 날로 수척해졌고, 목소리는 여전히 우렁차고 감미로웠지만 어쩐지 침울함이 깃들어 있었다. 그는 종종 대수롭지 않은 일로 놀라서 가슴에 손을 얹는 모습을 보였다. 그럴 때면 얼굴이 붉어졌다가 이내 창백해지는 것이, 그 무언가에 대해 무척 고통스러워하는 것 같았다.

젊은 목사가 언제 생명의 불꽃이 꺼질지 모르는 그런 절박한 상태에 빠져 있을 때 로저 칠링워스가 이 마을에 나타났다. 사람들은 어디서 왔는지 모르게 갑자기 나타난 이 사내의 출현을 기적처럼 여겼다. 또한 전지전능하신 하나님의 손길이 그를 이곳으로 이끌었다고 말하는 사람도 있었다. 게다가 의사가 젊은 목사에게 대단한 관심을 보이자 그 생각은 힘을 얻었다. 의사는 목사의 건강에 대해 놀라움을 나타내며 어떻게 해서라도 그를 치료해주려고 애썼다. 목사 주변 사람들 모두 목사에게 그의 치료를 한번 받아보라고 애걸하듯 권했다. 그러나 그때마다 목사는 그들의 청을 점잖게 거절했다.

"내게는 아무런 약도 소용이 없어요"라고 그는 말하곤 했다.

하지만 그의 건강이 나날이 나빠지고 가슴에 손을 얹는 것이 어쩌다 하는 행동이 아니라 일상적 다반사가 되자 보스턴의 원로 목사들과 집사들이 하나님께서 도와주시는 일을 이렇게 거절하는 것은 하나님의 뜻을 거스르는 행위라고 그를 다그쳤다. 잠자코 그들의 말에 귀를 기울이던 목사는 마침내 의사의 치료를 받겠다고 약속했다. 그렇게 신비에 싸인 로저 칠링워스 노인은 딤스데일 목사의 주치의가 되었다.

노인이 목사의 주치의가 된 뒤, 둘은 바닷가를 산책하거나 혹은 노인이 목사의 서재를 방문하여 이야기를 나누었다. 목사는 이 의사와 이야기를 나누면서 그에게서 묘한 매력을 느꼈다. 보통 의사와는 다른 범상치 않은 지식에 놀랐으며, 동료 목사들에게서는 찾아보기 힘든 자유로운 사상을 발견할 수 있었기 때문이다.

한편 의사는 목사의 육체의 병을 치료하기 위해서는 우선 그 사람의 마음을 들여다보아야 한다고 생각했다. 육체의 병은 필시 마음의 영향을 받아 발생한다는 것이 그의 믿음이었다. 그는 환자의 가슴속 깊숙이 파고들어 마치 캄캄한 동굴에서 보물을 찾듯이 그의 사상, 생각, 과거를 캐어보려 했다.

그러는 사이 둘은 거의 허물없이 이야기를 나눌 정도로 친해졌다. 하지만 목사는 여전히 그 무언가 비밀을 간직하고 있는 것 같았고, 그 비밀이 목사의 입을 통해 살짝 빠져나와 의사의 귀에 전달되는 일은 없었다. 그러자 의사는 목사가 자신의 육체적 질병조차 자신에게 제대로 밝히지 않는 것은 아닌지 의구심이 들기 시작했다. 정말 지나치게 과묵한 것 아닌가!

그렇게 얼마간 세월이 흐른 뒤였다. 딤스데일 목사의 친구 몇 명이 의사와 목사가 한 지붕 밑에서 살 수 있도록 주선해 주었다. 실은 로저 칠링워스가 그들에게 슬쩍 귀띔한 덕분에 이루어진 일이었다. 사람들은 그것이야말로 목사의 건강과 행복을 위해 최선의 방법이라고 생각하고 기뻐했다. 총명하며 세상 경험이 많고, 딤스데일 목사에 대해 아버지 같은 사랑과 헌신을 품고 있는 이 나이 지긋한 의사야말로 목사 가까이서 그의 시중을 들어줄 적격자라고 생각했던 것이다.

두 사람은 명문가 출신의 신앙심 깊은 과부 집에서 함께 기거하게 되었다. 과부는 딤스데일 목사에게 햇빛이 잘 드는 현관 쪽 방을 내주었다. 그리고 로저 칠링워스는 이 집 다른 쪽 귀퉁이에 서재 겸 실험실을 마련했다. 이렇듯 아늑한 환경에서 두 명은 각자 자신의 세계 안에 자리 잡고 들어앉았으며, 이따금 서로의 방을 찾아가 상대방이 하는 일을 호기심 어린 눈으로 바라보곤 했다.

그런데 차츰 사람들 입에서 이상한 이야기가 새어나오기 시작했다. 물론 그들의 이야기가 정확한 관찰에 의한 근거 있는 이야기는 아니었다. 그들은 로저 칠링워스가 인디언들과 함께 지냈다는 사실을 상기하며 그가 인디언 무당들과 함께 주술을 외곤 했다는 이야기를 지어냈다. 그리고 로저 칠링워스의 모습이 처음과는 많이 달라졌으며 특히 딤스데일 목사와 함께 지내면서 그 변화가 두드러졌다고 말했다. 전에는 의젓하고 명상에 잠긴 모습이었지만 지금은 전에 볼 수 없었던 추하고 흉악한 모습이 눈에 띈다는 것이었다. 한마디로 그는 로저 칠링워스의 탈을 쓴 악마이며, 목사가 악마의 손아귀에 잡혀 있다는 것이었다. 그리고 그 싸움의 결과는 뻔하다고 했다.

사실 로저 칠링워스는 비록 깊은 애정을 간직한 사람은 아닐지언정 평생 동안 친절하고 순수하며 올곧게 살아온 사람이었다. 그는 오로지 진리 탐구를 위해 조사하고 연구하고 상상하면서 살았다. 그러나 일단 탐구가 시작되면 무언가 알지 못한 힘에 사로잡힌 듯 좀처럼 그 문제에서 떠나지 않았다. 그리고 지금 그가 그런 태도로 탐구를 시작한 것이 바로 목사의 내면이었다. 그는 마치 시체와 함께 묻힌 보석을 찾으려고 무덤을 파헤치는 도굴꾼처럼 목사의 가슴속을 깊이 파고들었다.

그는 혼자 있을 때 가끔 중얼거리곤 했다.

'모두들 이 친구를 순결하다고 말하고, 겉보기에도 영적인 것 같지만 뭔가 동물적인 것을 부모에게서 물려받은 것 같단 말이야. 그 방향으로 좀 깊이 파고들어봐야겠어.'

하지만 딤스데일은 그런 것을 전혀 눈치채지 못했다. 그것은 그가 사람들을 잘 믿기 때문이 아니었다. 역설적이게도 그가 마음의 병에 걸려 모든 사람을 의심하는 버릇을 가지고 있기 때문이다. 그는 그 어느 누구도 친구라고 여기지 않았기에, 설령 원수가 그의 앞에 나타난다 하더라도 그를 원수로 알아볼 수 없는 상태였던 것이다. 그래서 그는 여전히 의사에게 다정하게 대했다. 기꺼이 자신의 서재에서 그를 받아들이기도 했으며, 그의 실험실로 찾아가 심심풀이로 잡초가 효력 있는 약으로 변화하는 과정을 지켜보기도 했다.

그러던 어느 날이었다. 두 사람은 의사의 실험실에서 의사가 구해온 약초에 대해 이런저런 이야기를 나누고 있었다. 그

때 목사가 의사에게 자신의 건강에 대해 물었다.

그러자 의사가 되물었다.

"목사님, 제 의견을 솔직히 말씀드려도 되겠습니까?"

"물론이지요. 생사에 개의치 말고 솔직히 말씀해주십시오."

"그렇다면 솔직히 터놓고 말씀드리겠습니다. 목사님 병세는 좀 이상합니다. 병 자체는 그다지 심각하지도 않고 겉으로 뚜렷하게 드러난 것도 없습니다. 적어도 제가 관찰한 바로는 그렇습니다. 얼마든지 치료할 수 있는 병처럼 보입니다. 그런데 뭐라고 말씀드려야 할지…… 그게 어떤 병인지 알 것도 같고 모를 것도 같다 이 말입니다."

얼굴이 창백해진 목사가 곁눈질로 창밖을 바라보며 말했다.

"수수께끼 같은 말씀을 하시는군요, 의사 선생님."

"그렇다면 좀 더 솔직히 말씀드리지요. 먼저 무례한 질문을 해도 용서해주시기 바랍니다. 목사님, 목사님은 당신의 병에 대해 제게 숨김없이 털어놓으셨나요?"

"어떻게 그런 걸 물으실 수 있지요? 아니, 무슨 어린애 장난도 아니고 의사를 청해놓고 아픈 곳을 감추겠습니까?"

"제가 모든 걸 다 알고 있다 이 말씀이시군요. 좋습니다. 그렇다면 실례를 무릅쓰고 한 가지 더 말씀드리겠습니다. 밖으로 드러난 물리적 증상만 알고 있는 의사는 실제로는 자기가 치료해야 할 병에 대해 절반만 알고 있는 셈입니다. 육체의 병이란 실은 정신적인 곳에서 양분을 얻어 겉으로 나타난 징후에 불과하기 때문입니다. 게다가 목사님처럼 육체와 정신이 긴밀하게 결합되어 혼연일체가 된 경우에는 더더욱 그렇습니다. 목사님에게 육체란 정신을 실현하기 위한 도구일 뿐이니까요."

그러자 목사가 의자에서 황급히 일어나며 말했다.

"그렇다면 선생님께 더 이상 치료를 부탁하지 않겠습니다. 선생님은 영혼을 치료할 약은 취급하지 않으시는 걸로 알고 있으니……."

그러나 로저 칠링워스는 목사의 반응에 아랑곳하지 않고, 자신도 의자에서 일어나 그 까무잡잡한 얼굴을 목사에게 바싹 들이밀며 말을 계속했다.

"목사님은 의사가 육체의 병만 고쳐주기를 원하십니까? 의사에게 영혼의 상처를 밝히지 않는다면 도대체 어떻게 그 병을 고칠 수 있단 말입니까? 더욱이 목사님처럼 정신적인 상처가 곧바로 그에 합당한 육체의 병으로 나타나는 경우에 말입니다."

"안 돼요! 당신에게는 절대로 안 돼요! 속세의 의사에게는 안 돼요!" 딤스데일 목사는 이글거리는 눈으로 의사를 쏘아보며 소리쳤다. "만일 내 영혼이 병들었다면 그건 영혼을 치료해주시는 분께 맡기겠어요. 그분만이, 만일 그런 선의를 가지고 계시다면 저를 치료해주실 수 있습니다. 그렇지 않다면 저를 죽이시겠지요. 그분만이 그분의 정의와 지혜로써 모든 것을 바로 보시고 그에 따라 처분해주실 겁니다. 이런 일에 간섭하는 당신은 도대체 누구입니까? 환자와 그의 하나님 사이에 끼어들려고 하는 당신은 도대체 누구란 말입니까?"

말을 마친 뒤 목사는 몸부림을 치며 방에서 뛰쳐나갔다.

그가 밖으로 나가자 의사가 혼잣말을 했다.

'그래, 괜찮은 방법이었어. 그런데 뭐 저렇게 쉽게 발끈하지? 저러는 걸 보면 전에도 격정의 포로가 되었던 적이 분명히 있을 거야. 뭔가 망측한 짓을 저질렀음이 분명해.'

하지만 두 사람 사이의 갈등은 잠시뿐이었고 둘은 곧 관계를 회복했다. 목사는 이내 자신이 너무 흥분했었다며 자책했고, 곧바로 의사에게 사과하며 계속 치료해줄 것을 부탁했다. 로저 칠링워스도 기꺼이 그 청을 받아들여 이전과 마찬가지로 정성껏 목사의 병을 돌보았다. 하지만 이전과 달라진 것이 있었다. 의사는 목사의 방을 나서며 입가에 야릇한 미소를 짓곤 했다.

그는 혼잣말을 했다.

'정말 보기 드문 증세야. 좀 더 깊이 파고들어야겠어. 영혼과 육체가 이상할 정도로 긴밀하게 교감하고 있거든. 의술을 위해서라도 이번 병을 속속들이 파헤쳐야겠어.'

그런 일이 있고 얼마 지나지 않아서였다. 딤스데일 목사는 한낮에 의자에 앉아 자신도 모르게 깊은 잠에 빠져 들었다. 앞에 있는 책상 위에는 큼직한 책 한 권이 펼쳐진 채 놓여 있었다. 의사는 '사람에게 졸음을 선사하는 진지한 문학 서적인가 보군'이라고 중얼거렸다.

목사가 워낙 깊은 잠에 빠져 있었기에 의사가 별로 조심하지 않은 채 방으로 들어서도 목사는 미동도 하지 않았다. 의사는 환자 앞으로 가서 환자의 가슴에 한 손을 얹고 그의 앞가슴을 풀어헤쳤다. 이제까지 환자가 절대로 의사에게 열어 보이지 않던 앞가슴이었다.

얼마 뒤 자리를 뜨는 의사의 얼굴에는 경악과 희열과 공포가 묘하게 뒤섞인 표정이 떠올라 있었다. 얼굴만으로는 부족한 듯 온몸으로 무시무시한 광희를 내뿜었다. 심지어 미친 듯 천장을 향해 두 팔을 뻗고 방바닥을 두 발로 쾅쾅 구르며 기쁨을 주체하지 못했다. 누군가 그의 모습을 보았다면 천국에 가지 못하고 지옥으로 떨어진 영혼을 맞이하며 기뻐 날뛰는 사탄의 모습이 바로 저러하리라고 생각할 정도였다. 다만 의사의 희열과 사탄의 희열 사이에 차이점이 있었다. 의사의 희열 속에는 놀라움이 섞여 있었던 것이다.

8 딤스데일 목사

그 일이 있은 후 겉보기에 의사와 목사의 관계는 여전했지만 실제로는 아주 달랐다. 특히 로저 칠링워스 노인은 여전히 온화하고 냉정한 모습을 유지하고 있었지만 속으로는 무서운 복수심을 품고 있었다. 그리고 이제는 목사의 정신세계를 마치 눈앞에 펼쳐져 있는 것처럼 샅샅이 살펴보고 이해할 수 있게 되었다. 그리고 이제는 〈불쌍한 목사의 내면세계〉라는 드라마에서 단순한 관객이 아니라 주연 역할을 할 수 있게 되었다.

그는 마음대로 목사를 희롱할 수 있었다. 목사를 고통스럽게 만들자고 마음만 먹으면 그는 언제고 고문대 위에 올라갈 수 있었다. 목사를 놀라게 하고 싶으면 언제고 유령을 불러올 수 있었다. 하지만 그 모든 일은 너무 교묘하게 일어났다. 그래서인지 목사는 어떤 악령이 자기 주변을 떠돌고 있는 것같이 느꼈지만 정작 그 정체를 제대로 알아차릴 수는 없었다.

그런데 육체는 병에 시달리고 영혼은 악마에게 사로잡혀 괴롭힘을 당하면서도, 성직자로서의 딤스데일 목사의 명성은 눈이 부실 만큼 나날이 높아만 갔다. 그가 너무나 슬픔에 잠겨 있었기에 오히려 자신의 타고난 지적 능력, 감수성, 감정 등을 강력하게 전달할 수 있는 힘을 갖게 된 것이었다.

그는 그가 지니고 있는 무거운 짐 때문에 저 높은 진리의 세계로 나아가서 천사들의 음성에 귀를 기울이지 못하고 낮은 곳에서 허덕이고 있었다.

그런데 그가 그렇게 낮은 곳에서 허덕이고 있었기에 죄 많은 영혼들에게는 그만큼 더 호소력이 있었다. 그의 마음은 그들의 마음과 하나가 되어 공명(共鳴)했고, 그들의 괴로움을 자신의 마음속으로 받아들였으며 자신의 고동치는 슬픔을 형제들 가슴속에 심어주었다.

하지만 신도들이 그를 우러르면 우러를수록 그의 마음속

괴로움은 상상할 수 없을 정도로 커져만 갔다. 그는 자신이 허깨비라고 느껴졌다. 그리고 때로는 강단에서 자신의 정체를 밝히고 싶은 충동을 무수히 느꼈다.

'여러분, 이 검은 목사 옷을 입은 이 사람은, 나날의 생활 속에서 신앙을 실천하고 있다고 여러분들이 믿고 계신 이 사람은, 여러분의 자녀들 머리에 손을 얹고 세례를 주었던 이 사람은, 여러분을 성령의 길로 이끈다고 여러분이 믿고 계신 이 사람은, 숨을 거두는 신도 앞에서 마지막 기도를 올려주는 이 사람은, 성도 여러분의 목사라고 믿고 계신 이 사람은, 실은 너무 타락한 사람이요, 거짓말쟁이입니다.'

딤스데일 목사는 이번에 강단에 올라서면, 모든 것을 고백하지 않고는 절대로 내려오지 않으리라고 자신에게 다짐한 적이 한두 번이 아니었다. 그리고 그는 실제로 고백을 하기도 했다. 어떤 고백? 그는 신도들 앞에서 자신이 비열한 사람이요 악한이라고, 사람들이 침을 뱉을 만큼 역겨운 사람이요 상상할 수 없을 정도로 간악한 사람이라고, 자신의 몸뚱이가 하나님의 벌을 받아 날로 시들어가는 것을 보면 알 수 있지 않느냐고 고백을 했었다.

신도들은 그의 고백을 듣고 깜짝 놀라 그를 강단에서 끌어 내렸는가? 아니다. 그런 일은 단 한 번도 일어나지 않았다. 신도들은 그의 진심 어린 고백을 듣고 나서 오히려 그를 더욱더 존경할 뿐이었다. 그들은 그 고백 속에 어떤 끔찍한 비밀이 숨어 있다고 생각한 것이 아니라, 오히려 깊은 신앙심이 숨어 있다고 생각했다. 그리고 그가 '살아 있는 지상의 성자'라고 말하곤 했다.

　목사는 그만큼 더 괴로워했다. 그는 자신을 학대했다. 밤이면 자기 방에서 문을 잠근 채 이따금 자기 어깨에 무서운 회초리질을 했으며, 단식 고행을 하기도 했다. 그는 마치 이 세상에 존재하지 않는 그림자 같은 사람이 되어갔으며 오직 한 가지, 그의 얼굴에 서려 있는 고뇌의 모습만이 그를 이 세상에 실재하는 사람으로 만들어주었다.

　그러던 어느 날 밤이었다. 괴로운 생각에 잠겨 있던 딤스데일 목사는 갑자기 의자에서 벌떡 일어났다. 문득 한 가지 생각이 머리를 스쳤기 때문이다. 그는 예배 옷을 조심스레 차려입은 뒤 슬며시 계단을 내려와 밖으로 나갔다.

목사가 마치 몽유병에 걸린 듯 몽롱한 가운데 찾아간 곳은 오래전에 헤스터 프린이 치욕을 당했던 바로 그 처형대였다. 지난 몇 년간 세월의 풍파에 우중충하게 더러워졌지만 처형대는 예나 다름없이 교회 발코니 아래 그대로 서 있었다. 목사는 계단을 밟고 처형대 위로 올라갔다. 5월 초순의 어스름한 밤이었으며 시커먼 구름이 하늘과 지평선을 온통 뒤덮고 있었다. 마을은 온통 잠들어 있었다.

목사는 무엇 때문에 이곳에 온 것일까? 참회의 흉내를 내려던 것일까? 그렇다! 그것은 흉내일 뿐이었고, 그의 영혼은 스스로 그 흉내를 비웃고 있었다. 그 흉내에 천사들은 얼굴을 붉히고 눈물을 흘리리라. 반면에 악마들은 비웃으며 기뻐 날뛰리라!

목사는 언제고 그를 따라다니던 '회개'의 충동에 이끌려 쫓기듯이 이곳으로 왔다. 하지만 막 고백을 하려는 순간, '회개'의 누이이자 친한 친구인 '비겁'이 떨리는 손으로 그를 움켜쥐고 뒤로 잡아당겼다. 오오, 얼마나 가엾고 비참한 인간이란 말인가! 죄를 견뎌내든지 그것을 집어던져버리든지 할 용기가 없는 나약한 인간!

목사는 이도 저도 못하고 공포에 사로잡혀 있었다. 마치 온 우주가 그의 가슴 쪽 심장 바로 위의 주홍빛 징표를 들여다보고 있는 것 같았다. 그리고 바로 그곳에 극심한 통증이 느껴졌다. 그는 자제력을 잃고 자신도 모르게 큰 소리로 고함을 질렀다. 그 외침은 밤공기를 뚫고 사방으로 우렁차게 퍼져 나가, 집집마다 큰 소리로 울렸고 마을 뒷산에서도 메아리가 되어 울렸다.

"그래, 마침내 해냈어." 목사는 두 손으로 얼굴을 감싸며 중얼거렸다.

"마을 사람들이 모두 깨어나겠지. 모두들 이곳으로 달려와 나를 발견하게 되겠지."

하지만 그런 일은 일어나지 않았다. 아마 자신의 고함소리에 놀란 목사 자신에게만 큰 소리로 울렸는지도 모른다. 어쨌든 마을 사람들은 깨어나지 않았다. 설사 잠에서 깨어났다 하더라도 무슨 마녀가 지르는 고함 정도로 생각하고 다시 잠을 재촉했을지 모른다.

그때였다. 밤공기를 뚫고 아이의 경쾌한 웃음소리가 들려왔다. 목사는 마음속으로 전율을 느끼면서—반가움 때문이었

는지, 괴로움 때문인지는 자신도 알 수 없었다.―그 웃음소리
의 주인공이 누구인지 알아차렸다.

그는 잠시 멈칫하다가 소리쳤다.

"펄, 귀여운 펄!"

그런 뒤 그는 다시 소리를 죽여 물었다.

"헤스터 프린! 헤스터 프린! 당신이오?"

곧이어 놀란 목소리가 대답했다.

"네, 저예요. 헤스터 프린이에요. 저하고 펄이에요."

"어디 갔다 오는 길이오?"

"윈스럽 총독께서 돌아가셔서 거기 갔다 오는 길이에요. 수
의(壽衣) 치수를 재고 집으로 돌아가는 중이었어요."

그러자 딤스데일 목사가 말했다.

"어서 이리로 올라와요. 펄도 함께. 전에 당신이 여기 있었
지만 나는 함께 있지 못했지. 자, 한 번 더 이곳으로 올라와요.
우리 셋이 함께 있읍시다."

그녀는 천천히 계단을 오른 뒤 펄의 손을 잡고 처형대 위에
섰다. 목사는 아이의 다른 쪽 손을 더듬어 잡았다. 자신의 죽
어가는 생명과는 다른 새로운 생명이 힘차게 솟구쳐 자신의

심장 속으로 들어오는 것 같았다. 마치 자신의 반쯤 마비된 몸에 그들의 생명의 온기를 불어 넣어주는 것 같았다.

"목사님." 펄이 목사의 귀에 대고 속삭였다.

"그래, 얘야, 말해보렴."

"내일 낮에 엄마랑 저랑 여기 함께 서 있으실래요?" 펄이 물었다.

그러자 목사가 황급히 대답했다.

"안 돼! 그건 안 돼, 펄!"

새로운 생명의 온기를 느끼자 동시에 세상 사람들의 눈에 자신의 죄가 드러나는 데 대한 공포감이 찾아온 것이다. 목사는 그들과 함께 있다는 기쁨을 느끼면서도, 몸을 부르르 떨고 있었다.

"내일은 말고, 펄, 다른 날 그렇게 해줄게."

"다른 날이라니, 언제요?"

"최후의 심판 날에 함께 서자꾸나. 하지만 이 세상 햇빛 아래에서는 셋이 함께 있으면 안 돼."

그런데 딤스데일 목사의 말이 끝나기가 무섭게 한 줄기 섬광이 구름에 뒤덮인 하늘에서 번쩍, 빛을 발했다. 아마 망망한

허공 속에서 불타다가 사라져간 유성이 낸 빛이었을 것이다. 그런데 하늘을 우러러본 목사의 눈에 붉은 광채로 만들어진 커다란 'A'자가 또렷이 보였다. 목사가 앓고 있는 몸과 마음의 병 때문에 그렇게 보였음이 틀림없었다.

그가 다시 고개를 숙였을 때, 어린 펄이 손가락으로 어딘가를 가리키고 있었다. 실은 하늘을 바라보면서도 펄이 어딘가를 가리키고 있다는 것을 그는 이미 의식하고 있었다. 그런데 펄이 손가락으로 가리키는 곳에 다름 아닌 로저 칠링워스 의사가 있었던 것이다.

목사는 숨을 헐떡이며 헤스터 프린에게 물었다.

"헤스터 프린, 저 사람의 정체가 도대체 뭐요? 저 사람을 보면 이상하게 치가 떨리오. 당신은 저 사람이 누구인지 알고 있지? 저 사람만 보면 공포감이 든단 말이오."

그러자 펄이 입을 열었다.

"목사님, 저 사람이 누군지 제가 말씀드릴게요."

"그래, 저 사람이 누군지 어서 말해보렴." 목사는 자신의 귀를 펄의 입술에 가까이 대고 말했다.

펄이 목사의 귀에 대고 뭐라고 말했다. 하지만 그 애가 한 말은, 목사가 전혀 알아들을 수 없는 말이었다. 목사는 더욱 당혹스러웠다.

그사이 어느새 처형대 밑까지 온 의사가 말했다.

"이보세요, 혹 딤스데일 목사님이 아니십니까? 아, 정말 목사님이시군요. 우리처럼 책 속에 머리를 처박고 사는 사람들은 감시할 필요가 있다니까. 깨어 있을 때도 꿈을 꾸고 잠을 자면서도 걷는단 말이야. 자, 친애하는 목사님, 제발 내려오십시오. 제가 댁까지 모셔다드릴 테니."

목사가 겁에 질려 물었다.

"도대체 내가 여기 있는 줄은 어떻게 아셨소?"

"사실은요, 나는 아무것도 모르고 있었답니다. 오늘 저녁 내내, 내 미천한 솜씨나마 총독님을 편하게 해드리려고 그분 곁에 있었습니다. 결국 그분이 저 좋은 세상으로 가셨기에 이제 집으로 돌아가는 길이었습니다. 그런데 이상한 불빛이 비치기에……."

"당신과 함께 집으로 돌아가겠소."

딤스데일 목사가 말했다. 그리고 그는 흉측한 꿈에서 깨어난 사람처럼 온몸이 축 늘어진 채 로저 칠링워스 의사에게 몸을 맡기고 끌려갔다.

　다음 날 딤스데일 목사는 그 어느 때보다 힘 있고 감화력이 풍부한 설교를 했다. 들리는 바에 따르면 목사의 설교를 듣고 나서 성스러운 마음을 품고 평생 살아가리라고 결심한 신도가 여럿이었다고 한다.

9 헤스터 프린

헤스터 프린은 지난번 딤스데일 목사를 만났을 때 목사의 수척해진 모습을 보고 충격을 받았다. 목사의 온 신경이 파괴되어버린 것 같았다. 그녀가 보기에 그의 정신력은 어린아이보다 약해져 있었다. 그 사내가 전에 어떤 사람이었는지 잘 알고 있는 헤스터 프린은 그가 자기를 지켜달라고 자신에게 호소하는 것만 같았다. 그가 본능적으로 원수를 알아보고 공포에 떠는 것만 같았다.

그녀는 자신이 이 세상 그 누구에게도 지지 않고 있는 책임을 딤스데일 목사에 대해서는 지고 있다고 느꼈다. 이제 그녀는 세상 모든 사람, 심지어 이 세상 모든 존재들과 인연을 끊고 사는 셈이었지만 그와 함께 지은 '공동의 죄'라는 사슬은 목사도 헤스터 프린도 끊으려야 끊을 수 없었다. 그리고 모든 인연이 그렇듯이 그 사슬에는 의무가 함께했다.

사실 그녀가 사람들과 완전히 인연을 끊고 사는 것은 아니었다. 그리고 이제 헤스터 프린의 처지는 그녀가 처음 치욕을 당했을 때와는 완전히 달라져 있었다. 그동안 몇 년이 흘렀고 펄은 이제 일곱 살이 되었다. 환상적으로 빛나는 주홍 글자를 가슴에 달고 있는 그 아이의 어머니는 이제 마을 사람들에게 낯익은 존재가 되었다. 그리고 사람들은 그녀에 대해 일종의 애정 같은 것을 지니게 되었다. 인간의 천성이라고 할 이기심이 발동하지 않는 한, 남을 미워하기보다 사랑하기를 좋아한다는 것은 인간의 본성이 지닌 장점 가운데 하나다. 더욱이 헤스터 프린은 그 누구도 귀찮게 하거나 신경을 건드리는 일이 없었다. 그녀는 아무런 불평 없이 자신의 처지를 감내했다. 그리고 무엇보다 티없이 깨끗하게 살았으며, 남에게 베푸는 삶을 살았다.

사람들이 재난을 당한 곳에서는 언제나 그 빛나는 글자가 있었기에, 그 글자는 이제 지상의 빛 같지 않은 빛으로 사람들을 환하게 밝혀주었다. 그래서 사람들은 그 'A'라는 글자를 더이상 죄악의 표시로 보지 않고, '능력(Able)'을 뜻하는 것으로 보게 되었다. 언제고 사람들을 도울 수 있는 능력 말이다.

그렇게 헤스터 프린은 오로지 어둠이 깃든 곳에 언제나 있었다. 하지만 그 어둠 속에 빛이 스며들면 그녀는 재빨리 자취를 감추었다. 그녀의 도움을 받은 사람이 진심으로 고맙다는 표시를 하기도 전에 그녀는 뒤도 안 돌아보고 사라졌다. 이제 그녀 가슴의 주홍 글자는 죄의 징표가 아니라 선행의 지표가 되었다. 사람들은 낯선 사람이 찾아오면 그 글자를 가리키며 이렇게 말하곤 했다.

"저 글자를 달고 있는 여인이 보이지요? 바로 우리의 헤스터 프린이랍니다. 가난한 사람들에게 친절하고 아픈 사람들을 도와주며 괴로운 사람들에게 크나큰 위로가 되어주는 사람이지요."

그렇게 그녀의 가슴에 달린 주홍 글자의 의미가 바뀌면서 그녀의 용모에도 변화가 생겼다. 아마 그녀가 일부러 옷을 수수하게 차려입었기에 온 변화일 수도 있으며 감정을 겉으로 드러내지 않는 태도 때문에 온 변화일 수도 있었다. 이제 헤스터 프린의 얼굴에는 더 이상 '사랑의 감정'이 깃들 곳은 없는 듯이 보였다. 그녀의 몸매는 여전히 아름다운 조각품 같았지만 '정열'이 깃들 만한 곳은 어디에도 없는 '위엄'을 과시하는 것 같았다.

그녀는 살아남기 위해 자신 몸의 모든 부드러운 속성을 완전히 부숴버리거나 쫓아낸 것 같았다. 어떤 마술의 손이 그녀를 다시 여성으로 돌아가게 해줄 수 있는지는 독자 여러분들과 함께 앞으로 지켜볼 일이다.

그녀에게서 여성으로서의 정열이 사라지자 그녀는 깊은 사색에 자주 잠기는 사람이 되었고 사색의 자유를 마음껏 누렸다.

목사와 우연히 만난 그날 이후, 그녀에게는 새롭게 곰곰 생각해야 할 문제가 생겼다. 온갖 노력과 희생을 바치고라도 이룩할 만한 가치가 있는 목표가 생긴 것이다. 그녀는 고통에 몸부림치고 있는 목사의 모습을 보았다. 아니다. 차라리 몸부림치는 것조차 포기한 모습을 보았다고 하는 것이 옳다.

그가 아직 미치지는 않았지만 곧 정신착란에 빠질 것만 같았다. 그리고 그에게 도움을 주겠다고 나선 사람이 그 사람의 가슴속에 무서운 독액을 주입하고 있음이 틀림없었다.

헤스터 프린은 스스로에게 물었다. 혹시 자신의 진실과 용기, 충심이 부족하여 목사를 그런 위기에 빠뜨린 것은 아닌가? 물론 그녀에게는 훌륭한 변명거리가 있었다. 그녀가 자신의 정체를 숨기겠다는 로저 칠링워스의 흉계를 그대로 덮어두고 뒤따른 것은 목사를 무서운 파멸로부터 구하기 위해서였다.

그녀는 충동적으로 그 길을 택했다. 그러나 이제 와서 곰곰 생각해보니, 그녀는 눈앞의 두 길 가운데 그가 더 비참해지는 길을 택했는지도 모른다는 생각이 강하게 들었다.

그녀는 이제 힘이 있었다. 무슨 힘? 자신이 옳다고 생각한 것을 강하게 실천할 수 있는 힘 말이다. 그녀는 감옥에서 칠링워스와 이야기를 나눌 때보다는 정신과 영혼이 훨씬 고양되어 있었다. 비열한 복수심에 불타고 있는 노인은 어찌 보면 그녀보다 열등한 위치에 있었다고 볼 수도 있다.

헤스터 프린은 전남편을 만나 그의 손아귀에 든 목사를 구하기 위해 온 힘을 다하기로 결심했다. 그리고 얼마 지나지 않아 그런 기회가 찾아왔다. 어느 날 오후 헤스터가 펄과 함께 이곳 반도의 외진 곳을 걷고 있을 때 한쪽 팔에는 바구니를 걸치고 다른 팔에는 지팡이를 든 늙은 의사가 약초를 구하려고 허리를 굽힌 채 걸어가는 모습이 눈에 띄었던 것이다.

헤스터 프린은 펄에게 물가 쪽으로 가서 조개껍질을 찾으며 놀고 있으라고 말한 뒤 의사에게 다가가 말을 건넸다.

"당신과 잠깐 할 이야기가 있어요."

"아니, 이 늙은 칠링워스에게 할 말이 있다고 하는 분이 정녕 헤스터 프린 부인 맞는가? 그렇지 않아도 사방에서 당신 칭찬하는 소리가 자자하더군. 치안 판사 한 분이 이제 당신 가슴에서 주홍 글자를 없애도 되지 않을까 하는 이야기를 꺼내기에 내가 제발 그렇게 해달라고 그 양반에게 간절하게 부탁해두었지."

헤스터 프린은 노인을 물끄러미 바라보았다. 그리고 지난 7년 동안 몹시 변해버린 노인의 모습에 충격을 받았다. 나이가 들어 늙어서 놀란 것이 아니었다. 오히려 나이에 비해 강인하고 민첩해 보였다. 그녀가 놀란 것은 그녀가 또렷이 기억하고 있는 학자로서의 점잖고 조용한 모습이 그에게서 흔적도 없이 사라져버렸기 때문이다. 그 대신 그 무언가를 반드시 찾아내고야 말겠다는 듯한, 어딘가 잔인하고 조심스러운 표정이 지배하고 있었다.

그렇다. 그는 한 인간이 마음만 먹으면 악마로 변할 수도 있다는 것을 증명하는 살아 있는 본보기였다. 이 불행한 노인은 지난 7년 동안 괴로움에 몸부림치는 한 사람의 속마음을 끊임없이 파헤치고 거기에서 쾌락을 찾으면서, 또한 자신이 해부한 그 고뇌를 흐뭇하게 바라보고 그 불같은 고뇌에 기름을 붓는 데 온 힘을 쏟으면서, 잔인하고 조신스러운 모습으로 변모하게 된 것이었다.

헤스터 프린이 말없이 그의 얼굴을 바라보고 있자 그가 말했다.

"내 얼굴에 뭐가 있기에 그렇게 뚫어져라 바라보는 거요? 그래 할 말이 뭐지?"

"그 가엾은 분에 관한 이야기예요. 7년 전 당신과 단둘이 있을 때 저는 우리의 관계를 밝히지 않겠다고 맹세했어요. 그분의 명성, 생명이 당신 손에 달려 있으니 그분을 구하기 위해서는 별 도리가 없다고 생각했기 때문이에요. 그런데 당신이 매일 그분 곁에 붙어 있으면서 그분을 산송장으로 만들고 있어요. 그런데도 그분은 당신의 정체조차 모르고 있어요. 제가 이렇게 되도록 만든 꼴이고, 제가 그분에게 거짓을 행한 셈이에요."

"당신이야 별수 없었겠지. 내가 손가락만 까딱해도 그 사람은 교단에서 감옥으로, 그리고 감옥에서 처형대로 가야 했을 테니."

"차라리 그랬던 게 나았을 거예요."

"아니, 내가 그 사람에게 무슨 몹쓸 짓이라도 했다는 건가? 내가 얼마나 정성스럽게 그를 돌보았는데! 내가 없었다면 그 사람은 두 해도 못 가서 고통의 불길에 타버렸을 걸. 그 사람의 정신에는 당신처럼 그 주홍 글자를 견뎌낼 수 있는 힘이 없거든. 그자가 지금 숨을 쉬며 걸어다닐 수 있는 것은 오로지 내 덕분이야!"

"그분은 차라리 그렇게 세상을 떠나는 게 나았을 거예요."

그러자 로저 칠링워스가 이글거리는 눈으로 외쳤다.

"그래, 당신 말이 맞아! 어느 누구도 그런 고통을 겪어본 사람은 없었으니 그자로서는 그 편이 나았을 거야. 그것도 하필이면 천하의 원수 눈앞에서! 그래, 그자도 그걸 어렴풋이 느끼고 있어. 자신 근처에 마귀가 어른거리고 있음을 느끼고 있지.

그자 때문에 완벽하게 신세를 망친 사람, 가장 무시무시한 복수라는 독을 자양분으로 살아가는 사람! 맞아! 한때는 인간다운 마음씨를 지녔던 사람이 무서운 마귀로 변해서 그자 곁에 있는 거지!"

"이제 그 정도면 그 사람을 충분히 괴롭힌 것 아닌가요?"

그러자 그가 이번에는 좀 침울해진 목소리로 말했다.

"어림도 없는 소리! 그자가 갚아야 할 빚이 늘어났을 뿐이야. 헤스터 프린, 당신 9년 전의 나를 기억하나? 나는 그때 이미 인생의 황혼기에 접어들고 있었지. 하지만 더없이 학구적이었고 진지했어. 즐겨 사색에 잠겼으며 평온하게 살고 있었지. 내 지식과 기술을 인류의 복지 향상을 위해 쓰리라고 생각하고 있었어. 사실 나는 남에게 온정을 많이 베풀고 자신은 별로 돌보지 않는 사람이었어. 당신도 인정하겠지?"

"맞아요. 어찌 보면 그 이상이었지요." 헤스터 프린이 대답했다.

"그런데 지금의 나는 어떻게 되었나? 당신에게 조금 전에 이미 말했지? 내가 이렇게 된 게 다 누구 때문이지?"

"저 때문이에요! 그분 때문이 아니라 저 때문이라고요! 당신은 그분이 아니라 제게 복수를 해야 해요! 왜 제게 복수를 하지 않는 거지요?"

"나는 당신을 그 주홍 글자에 맡겼어. 그 징표가 복수를 하지 않는다고 해도 나로서는 어찌할 도리가 없어. 그래, 그자를 위해서 당신이 뭘 어떻게 하겠다는 거지?"

"비밀을 밝히겠어요. 그분은 당신의 정체가 뭔지 알아야 해요. 그 결과가 어떻게 될지는 저도 모르겠어요. 하지만 제가 그분에게 지고 있는 빚, 믿음이라는 빚은 꼭 갚아야겠어요. 그건 제가 그분을 파멸로 몰아넣었기 때문이에요. 저는 진실만을 밝히고 싶어요. 그렇다고 당신께 허리 굽혀 자비를 구걸하지는 않겠어요. 그분에 대해서는 당신 하고 싶은 대로 하세요. 그 어떤 것도 우리를 이 어두운 미로에서 빼내줄 수는 없으니까요."

그러자 노인이 가슴에 사무치는 감탄을 어쩌지 못하고 한숨을 내쉬며 말했다.

"헤스터 프린, 당신은 정말 훌륭한 바탕을 지닌 사람이오. 하지만 이제는 어쩔 수 없소. 내게는 용서할 권리도 없고 힘도 없소. 당신이 잘못된 첫걸음으로 죄악의 씨를 뿌린 그 순간부터 모든 것은 '어두운 필연'이었던 셈이오. 내 신세를 망친 당신들도 죄를 저질렀다고 할 수 없소. 다만 어둠의 힘이 우리를 지배한 거지. 그 모두가 운명이오. 어서 그자에게 가서 당신 맘대로 하구려."

10 숲속에서

딤스데일 목사에게 칠링워스 노인의 정체를 알려주어야겠다는 헤스터 프린의 결심은 조금도 흔들리지 않았다. 하지만 기회를 잡기가 쉽지 않았다. 헤스터 프린은 아무도 없는 곳에서 단둘이 이야기 나누길 원했기 때문이었다. 물론 그녀는 서재로 그를 직접 찾아가고 싶었다. 전에도 숱하게 그에게 고해를 했었기에 아무도 이상하게 생각할 리가 없었다. 하지만 거기서 칠링워스 노인을 만날까봐 겁이 났고 무엇보다도 넓디넓은 곳에서 그를 만나고 싶었다. 넓게 탁 트인 하늘 아래가 아닌 비좁고 은밀한 곳에서는 그를 만나고 싶지 않았던 것이다.

그러던 어느 날 헤스터 프린은 병시중을 들어주던 환자에게서 딤스데일 목사가 엘리엇 전도사를 방문하러 하루 전에 마을을 떠났다는 소식을 듣게 되었다. 엘리엇 전도사는 원주민 인디언 개종자들과 함께 지내고 있었다. 목사는 이튿날 오후에 돌아온다는 것이었다.

다음 날 아침 헤스터 프린은 어린 딸과 함께 길을 떠났다. 인디언 부락에서 돌아오는 그를 은밀히 만나기 위해서였다. 얼마 지나지 않아 그들은 반도를 벗어나 오솔길에 접어들었고 오솔길은 곧바로 깊은 원시림과 이어졌다. 길은 아주 좁아졌고 나무들이 울창하게 들어서 있어 하늘조차 보이지 않았다. 날씨는 음산하고 쌀쌀했다.

펄은 깡충거리면서 여기저기 뛰어다녔다. 펄은 가끔 숲 사이로 뚫고 들어오는 햇빛을 향해 두 팔을 벌리고 마치 햇빛을 잡으려는 것 같은 몸짓을 했다. 휘황찬란한 빛에 휩싸여 그 한가운데서 웃고 있는 펄은 마치 그 자체가 햇빛이 된 것 같았다. 그리고 그 햇빛을 온몸으로 받아 머금었다가 다시 내뿜는 것 같았다. 펄에게는 그렇게 어머니에게서 물려받은 것 같지 않은 활력과 생명력이 있었다. 그리고 그 애는 건강해서 그 어떤 병에도 걸리지 않았다. 하지만 한 사람의 마음을 크게 흔들어, 그를 인간답게 만들고 남을 동정할 줄 알게 만드는 슬픔이 아이에게는 없었다. 하지만 어린 펄에게는 아직 얼마든지 시간이 있었다.

둘은 우연히 오솔길을 지나가는 사람들 눈에 띄지 않을 만큼, 아주 깊숙이 숲속으로 들어갔다. 두 사람은 두터운 이끼 더미 위에 앉았다. 가까운 곳에 개울물이 흐르고 있었다. 개울물이 흐르는 소리를 듣고 펄이 어머니에게 물었다.

"엄마, 개울물이 왠지 슬픈 것 같아. 그런데 뭐라고 재잘거리고 있는 거야?"

"만약 펄, 네게도 슬픔이 있다면 개울이 너에게 왜 그러는지 말해줄걸."

그때 발자국 소리가 들렸다.

"얘, 펄! 누군가 오고 있네. 내가 저분과 이야기를 나눌 동안 어디 가서 좀 놀고 있을래? 하지만 숲속으로 너무 깊이 들어가면 안 돼. 엄마가 부르면 금방 와야 한다."

펄이 고개를 돌려 걸어오고 있는 사람을 보고 말했다.

"어머, 목사님이시네. 그런데 엄마, 목사님이 가슴에 손을 없고 계시네. 마귀가 그곳에 무슨 표시를 찍어놓아서 그러시는 건가? 근데 엄마, 목사님은 왜 그걸 엄마처럼 가슴에 달고 다니지 않는 거야?"

"자, 어서 가봐. 엄마를 괴롭히려면 나중에 그러려무나. 멀리 가면 안 돼!"

아이는 개울가로 가서 노래를 불렀다. 마치 개울을 즐겁게 해주려는 것 같았다. 하지만 개울은 여전히 침울해 보였다. 어쩌면 앞으로 일어날 일을 예상하고 탄식하고 있었는지도 모른다. 펄은 개울과 곧 작별하고 여기저기 피어 있는 오랑캐꽃이며 할미꽃을 따 모으기 시작했다.

곧이어 지팡이에 의지하여 홀로 걸어오는 딤스데일 목사의 모습이 헤스터 프린의 눈에 들어왔다. 수척한 목사의 몸짓에는 무기력한 절망의 빛이 감돌고 있었다. 걸음걸이에 너무 힘이 없어 마치 한 발자국 더 옮기려는 이유도, 의지도 없는 것만 같았다. 마치 가까운 나무뿌리 위로 몸을 던지고 힘없이 축 늘어져 그곳에 영원히 눕고 싶어하는 것 같았다.

그가 헤스터 프린이 앉아 있는 짙은 나무 그늘 곁을 지나칠 때 그녀는 간신히 목소리를 낼 수 있었다.

"아서 딤스데일!" 그녀는 처음에는 낮은 목소리로 속삭였으나 마침내 좀더 크게 쉰 목소리를 냈다. "아서 딤스데일!"

"누구요?" 목사가 물었다.

목사는 재빨리 허리를 꼿꼿이 펴고 주위를 둘러보았다. 마침내 그는 나무 밑에서 어렴풋한 형체를 알아볼 수 있었다. 그 형체가 어두운 옷을 입고 있는데다, 너무도 울창한 나무들 때문에 어두컴컴해서 그 모습이 여자인지 그림자인지도 분간할 수 없었다. 어쩌면 그의 상념 속에 들어 있던 유령이 슬며시 빠져 나와 그의 인생길에 이렇게 나타난 것인지도 몰랐다.

목사가 한 걸음 더 가까이 가자 가슴에 달려 있는 주홍 글자가 눈에 들어왔다.

"헤스터 프린! 헤스터 프린! 정말 당신이오? 당신 아직 살아 있소?"

"그럼요! 지난 7년 동안 살아온 것처럼! 아서 딤스데일! 당신도 아직 살아 있었나요?"

그들이 서로 상대방이 살아 있느냐고 그렇게 물어본 것, 심지어 자기 자신이 정말로 살아 있는지조차 의심한 것은 전혀 이상한 일이 아니었다. 그들은 어두컴컴한 숲속에서 너무 이상한 상태에서 만났기 때문에, 마치 전생에 긴밀하게 연결되어 있던 영혼들이 지금 무덤 너머 세계에서 처음으로 만나는 것처럼 느꼈다. 그들은 둘 다 몸을 떨면서 무서움에 사로잡혀 있었다. 마치 그런 유령 상태에 대해, 육체를 떠난 영혼 사이의 만남에 대해 익숙하지 않은 것 같았다. 둘 다 유령이면서 상대방 유령을 두려워하다니!

그들은 또한 자기 자신들에 대해서도 두려움을 느끼고 있었다. 그런 위기 속에서 그들은 자신의 의식을 되찾았으며, 그런 숨 막히는 상태가 아니라면 살아 있는 동안 좀처럼 벌어지기 어려운 일, 곧 그들의 마음속에 지난 세월과 경험이 한꺼번에 고스란히 되살아나는 일이 벌어졌기 때문이다. 영혼은 그 흘러가는 순간이라는 거울 속에 자신의 형상을 펼쳐보였다.

두려움에 몸을 떨며, 마치 내키지는 않지만 어쩔 수 없이 그런다는 듯이 딤스데일 목사는 시체처럼 차가운 손을 내밀어 역시 차갑기 그지없는 헤스터 프린의 손을 잡았다. 비록 차가운 악수였지만 그 악수를 통해 비로소 둘이 만났을 때 그들을 사로잡았던 크나큰 적막감이 사라졌다. 최소한 같은 세상에 살고 있다는 느낌이 둘 모두에게 들었던 것이다.

누가 먼저 앞장선 것도 아니건만 둘은 말없이 좀 전에 헤스터 프린과 펄이 앉았던 이끼더미로 와서 앉았다. 그리고 드문드문 날씨와 건강에 대해 사소한 말을 주고받았다. 둘은 그렇게 긴장을 풀며 차츰차츰 둘이 마음속 깊이 간직하고 있는 문제로 다가갔다.

잠시 후 목사가 헤스터 프린의 눈을 뚫어져라 바라보며 말했다.

"헤스터 프린, 당신은 마음의 평화를 찾았소?"

그녀는 자신의 가슴을 내려다보며 쓸쓸하게 말했다.

"당신은요?"

"아니, 절망만이 있을 뿐이오. 나 같은 사람이 이렇게 살아가면서 그밖에 무엇을 바랄 수 있겠소? 내가 무신론자라면, 내게 양심도 없고 내가 짐승처럼 더러운 본능을 지니고 있었다면 벌써 마음의 평화를 찾았을지도 모르오. 아니, 아예 그것을 잃지 않았을 거요! 하나님이 내게 주신 모든 것들이 오히려 내 영혼을 괴롭히는 것들이 되어버렸소. 헤스터 프린, 나는 정말 비참한 사람이오."

"하지만 사람들은 당신을 존경하고 있어요. 그리고 당신은 분명히 사람들에게 좋은 일을 하고 있어요. 그런데도 위안을 받지 못하시나요?"

"난 더욱 비참할 뿐이오. 나는 내가 베푸는 선행에 대해 아무런 확신도 없소. 그건 그냥 허깨비일 뿐이오. 나같이 타락한 영혼이 어찌 남들의 영혼을 구제할 수 있단 말이오? 나는 차라리 그들에게 미움을 받았으면 좋겠소. 교단 위에 서 있는 내 얼굴에서 마치 천국의 빛이 뿜어져 나오는 듯 나를 올려다보는 눈길들과 마주한다는 것! 헤스터 프린, 그게 위안이 될 수 있겠소? 그때마다 그들이 우러러보는 것이 실은 추악한 영혼에 불과하다는 것을 깨닫고 괴로울 뿐이오. 겉으로 보이는 내 모습과 진짜 내 모습이 이렇게 다르다는 것을 알고 비통하다 못해 웃음이 절로 나온다오. 사탄도 나를 보고 비웃을 거요."

"당신, 잘못 생각하고 있는 거예요. 당신은 이제 뉘우칠 만큼 깊이 뉘우쳤어요. 당신의 죄는 저 먼 과거 속에 이미 사라져버렸어요. 당신의 지금 삶은 사람들 눈에 보이는 그대로 신성하고 경건해요. 당신의 그 선행은 당신이 회개했음을 증명하는 거예요. 그 정도 회개로도 부족하다는 건가요? 어째서 마음의 평화가 찾아오지 않는 거지요?"

"아니오. 그 선행? 그 회개? 거기에는 실체가 없소. 그것들은 차갑게 죽어 있을 뿐이오. 그것들은 나를 위해 아무것도 해 줄 수 없소. 참회? 지겨울 만큼 했지! 아니야! 사실은 단 한 번도 없었소! 진정한 참회는 없었소. 만일 그랬다면 신성함으로 위장한 이 목사의 옷을 벗어버리고 최후의 심판대에 나서는 것처럼 온 세상 사람들 앞에 섰어야 하오. 헤스터 프린, 차라리 사람들 앞에 주홍 글자를 버젓이 달고 다니는 당신이 행복한 거요. 내 주홍 글자는 내 가슴속에 숨어서 불타고 있소. 아아, 내게 내가 추악한 죄인이라는 것을 밝힐 존재가 있다면! 그가 내 친구가 아니라 설사 내 적이라 할지라도, 그렇게만 할 수 있다면 내 영혼은 생명을 이어갈 수 있으련만! 지금 내게는 모든 게 거짓일 뿐이오! 모든 것이 공허하고 모든 것이 죽음일 뿐이오!"

목사의 말을 듣고 있던 헤스터 프린은 자신이 하고 싶던 말을 할 기회를 잡았다. 그녀는 두려움을 억누르며 말문을 열었다.

"당신이 방금 원했던 그런 친구, 당신의 죄에 대해 함께 눈물을 흘려줄 친구 말이에요. 그런 친구로 바로 제가 있잖아요."

헤스터 프린은 잠시 망설이다가 말을 이었다.

"그리고 당신의 죄를 알아볼 그런 적(敵), 벌써부터 그런 적(敵)이 있었어요. 지금 당신과 한 지붕 밑에서 살고 있어요."

그 말을 듣자 목사는 자리에서 벌떡 일어나며 자신의 가슴을 움켜잡았다.

"뭐라고? 당신 지금 뭐라고 했소? 적이라고! 나와 한 지붕에서 살고 있다고? 도대체 그게 무슨 말이오?"

헤스터 프린은 자신이 그 비밀을 지켰기에 목사가 얼마나 더 큰 고통에 빠졌는가를 이제는 잘 알고 있었다. 로저 칠링워스는 환자의 양심을 언제나 초조하게 만들었고, 그 때문에 그의 정신을 혼미하게 만들고 있었다. 그는 목사를 영원히 하나님 나라에서 추방하려 했던 것이며, 그를 정신 이상으로 만들기 위해 노력하고 있었다. 목사가 명예훼손을 당하거나 심지어 죽음을 맞이하더라도, 그보다는 훨씬 나았으리라. 그런데 자신이 그 무서운 계획에 동조한 셈이었으니! 그녀는 차라리 이 자리에서 쓰러져 죽는 것이 고백하는 것보다는 나으리라는 쓰라린 심정으로 절규하듯 외쳤다.

"아아, 아서! 저를 용서해주세요. 이 일만 빼놓는다면 저는 모든 일에 진실하려고 노력해왔어요. 그 어떤 고난에 빠지더라고 제가 꼭 잡고 놓지 않으려던 미덕, 그것은 바로 진실이었어요. 다만 당신의 행복, 당신의 생명, 당신의 명예가 위험에 처해 있던 그때 단 한번을 빼놓고 말이에요. 그때 저는 거짓 앞에 무릎을 꿇고말았어요. 비록 생명의 위협 앞에 놓였을지라도 거짓은 나쁜 것인데 말이에요. 제가 무슨 말을 하고 있는지 아시겠어요? 그 노인, 그 의사는, 사람들이 로저 칠링워스라고 부르는 그 사람은 바로 제 남편이었어요!"

목사는 잠시 격렬한 감정에 북받쳐 헤스터 프린를 바라보았다. 그 격렬한 감정은 실은 그 악마가 제 몫이라고 주장했던 목사의 일부였다. 그리고 그 일부를 통해 그의 나머지 부분, 그의 고결하고 온화하고 순박한 성품을 앗아가려 한 것이었다. 헤스터 프린은 지금까지 그렇게 무서울 정도로 찌푸린 목사의 얼굴을 본 적이 없었다. 비록 짧은 순간이었지만 목사의 얼굴은 참으로 끔찍하게 변해 있었다. 목사는 땅바닥에 쓰러져 얼굴을 감쌌다.

"아아, 알 수도 있었으련만!" 그가 중얼거렸다.

"아니야, 나는 알고 있었어. 그를 처음 보았을 때, 그리고 그 이후 종종 그를 볼 때마다 내 가슴이 자연스럽게 움츠러들었던 것은 바로 그 비밀을 알려주기 위해서가 아니었던가! 나는 왜 그걸 알아차리지 못했단 말인가! 오, 헤스터 프린, 그게 얼마나 끔찍한 일이었는지 당신은 짐작도 못 할 거요. 비웃으며 내 속을 들여다보는 그자 앞에 병들고 죄 많은 가슴을 활짝 열어보이다니! 오, 얼마나 창피한 일이란 말인가! 얼마나 야비하고 추잡한 일이란 말인가! 헤스터 프린, 당신 책임이오! 나는 당신을 용서할 수 없소!"

"날 용서해주셔야 해요." 헤스터가 목사 옆의 낙엽 위로 몸을 던지며 울부짖었다.

"하나님께 벌을 받게 해주세요. 당신은 저를 용서해주셔야 해요!"

헤스터 프린은 목사의 머리를 가슴에 꼭 껴안았다. 목사의 준엄한 눈초리를 견딜 수 없을 것 같아서였다. 온 세상이 그녀를 향해 눈살을 찌푸렸고 그녀는 그 모든 것을 견뎌냈다. 그리고 살아남았다. 그러나 창백하고 연약한 이 사내, 죄와 슬픔에 시달린 이 사내의 찌푸린 눈살을 어찌 견디며 살아갈 수 있단 말인가!

그녀가 계속 되풀이 말했다.

"용서해주시겠어요? 제게 눈살을 찌푸리지 않으시겠지요? 저를 용서해주실 거지요?"

마침내 목사가 저 깊은 슬픔 속에서 우러나오는 듯이 나직한 목소리, 조금도 노기를 띠지 않은 목소리로 말했다.

"용서하겠소, 헤스터 프린. 진심으로 당신을 용서하오. 하나님, 저희 두 사람을 용서해주소서! 헤스터 프린, 우리는 이 세상에서 가장 나쁜 죄인이 아니오. 이 타락한 목자보다 더 나쁜 자가 있소! 그 늙은이의 복수는 내 죄보다 더 시커멓소. 냉혈한인 그 사람은 인간의 마음이라는 성스러운 곳을 능멸했소. 우리, 헤스터 프린 당신과 나는 결코 그런 죄를 저지른 적이 없소."

"없고말고요! 단 한 번도 없었어요!" 그녀가 속삭였다.

"우리가 저지른 일에는 그 자체 신성한 것이 들어 있었어요. 우리는 그것을 느꼈어요. 우리 둘이 그렇다고 말하지 않았나요? 당신 그것을 잊으셨나요?"

딤스데일이 몸을 일으키며 말했다.

"쉿, 헤스터 프린! 아니오, 잊지 않았소."

두 사람은 쓰러진 나무 그루터기에 나란히 손을 잡고 앉았다. 두 사람 주변 숲속에는 어둠이 깔렸고 숲을 통해 한 줄기 강풍이 불어와 나뭇가지들이 무섭게 흔들렸다.

그들은 쉽사리 자리에서 일어나지 못하고 한동안 조용히 그렇게 앉아 있었다. 그들에게 찬란하게 빛나는 그 어떤 빛도, 이 컴컴한 숲속의 어둠보다 소중한 적이 없었다. 목사 외에는 아무도 바라보는 사람이 없는 이곳에서는 그 주홍 글자도 여인의 가슴속을 태울 필요가 없지 않겠는가! 그녀밖에 없는 이곳에서는 비록 하나님과 인간들을 속인 아서 딤스데일이라 할지라도, 단 한순간이나마 진실할 수 있지 않겠는가?

그때 목사에게 갑자기 한 가지 생각이 떠올랐다.

"헤스터 프린, 두려운 게 있소! 로저 칠링워스는 자신의 정체를 밝히려는 당신의 계획을 알고 있소. 그런데도 그 사람이 우리 둘 사이의 비밀을 지키려 할까? 앞으로 그가 어떤 식으로 복수를 할까?"

"그 사람은 이상하게도 천성적으로 비밀을 좋아해요. 그래서 복수도 남몰래 하려 할 거예요. 그가 비밀을 밝힐 것 같지는 않아요. 틀림없이 자신의 검은 욕망을 채울 다른 방법을 찾을 거예요."

"그리고, 앞으로 나는 어떻게 그 끔찍한 적과 같은 공기를 마시며 살아가지? 헤스터 프린, 당신은 강한 사람이니 나를 위해 무슨 해결책을 생각해주구려. 이제 더 이상 그 사람과 함께 살 수는 없으니, 여기 이대로 쓰러져 죽어야만 할까?"

헤스터가 눈물을 쏟으며 말했다.

"아, 가엾은 분! 단지 나약한 마음 때문에 죽겠다는 말인가요? 그것 말고는 다른 이유가 없잖아요."

"내게 하나님의 심판이 내린 거요." 목사가 양심의 가책을 느끼며 대답했다.

"내가 싸워 이겨내기에는 그 힘이 너무 강하오."

그러자 헤스터가 대답했다.

"하나님께서 자비를 베풀어주실 거예요. 당신에게는 하나님의 자비를 이용할 힘만 있으면 돼요."

"나를 위해 제발 강한 사람이 되어주오. 어찌하면 좋을지 충고해주오."

"이 세상이 그렇게 좁은가요? 저 숲속 길은 어디로든 통하는 길이에요. 깊이 들어가면 더 이상 사람들 눈에 띄지 않는 곳으로 갈 수 있어요. 당신은 자유의 몸이 되는 거예요. 이 넓디넓은 숲속에 당신의 마음을 훔쳐보는 로저 칠링워스의 시선으로부터 벗어날 곳이 없겠어요?" 헤스터가 목사를 향해 그윽한 눈길을 보내며 선언하듯 말했다. 너무 기진맥진해서 몸을 가눌 수조차 없는 목사의 정신에 자석 같은 힘을 불어넣어준 것이다.

"물론 있겠지. 하지만 그 길은 바로 낙엽 밑에 묻히는 길일 것이요." 목사가 씁쓸한 미소를 띠고 말했다.

"그렇다면 드넓은 바닷길이 있잖아요. 그 길이 당신을 이곳으로 데려왔어요. 당신은 그 길을 통해 다시 되돌아갈 수도 있어요. 당신 고향 땅의 외진 곳이건, 드넓은 런던이건, 아니면 프랑스나 이탈리아 어디든지 그 사람의 눈길에서 벗어날 곳은 있어요."

"그럴 수 없소." 목사가 마치 꿈을 현실로 바꿔달라는 요구를 받은 사람처럼 그녀의 말에 귀를 기울이며 대답했다.

"내게는 그럴 만한 힘이 없소. 내 비록 가엾고 죄 지은 사람이지만 하나님께서 정해주신 곳에서 질질 끄는 삶을 살아갈 수밖에 없소. 비록 내 영혼은 타락했지만 아직 다른 이들의 영혼을 위해 무언가 하고 싶단 말이오! 비록 성실하지 못한 파수꾼이라 할지라도 내 자리를 떠날 수 없소. 그 역할이 끝날 때 받는 보수가 비록 죽음과 치욕뿐일지라도!"

"그런 나약한 소리 마세요. 당신은 지난 7년 동안 불행의 무게에 짓눌려버린 거예요. 이제 그 모든 것을 당신 뒤에 버리셔야 해요. 당신의 발길이나 뱃길에 방해가 되지 않도록 해야 해요. 이제 모든 걸 새롭게 시작해야 해요. 단 한 번의 시험에 실패했다고 해서 모든 가능성이 사라진 건가요? 아니에요. 당신의 앞길에는 아직 무수한 시험들이 놓여 있고, 그것들에서 무수히 성공을 거둘 수도 있어요. 당신은 행복을 누릴 수도 있고, 얼마든지 선행을 베풀 수도 있어요. 당신의 이런 거짓된 삶을 진실한 삶과 바꾸세요. 당신의 정신이 당신에게 사명을 완수하라고 명령한다면 인디언들의 스승이나 전도사가 될 수 있어요. 혹은 문명 세계에서 뛰어난 학자나 철학자가 될 수 있어요. 설교하세요! 글을 쓰세요! 행동하세요! 그냥 쓰러져 죽는 일 말고 무슨 일이든 하란 말이에요! 어서 당장 일어나 떠나세요!"

헤스터 프린의 열광적인 태도 덕분에 목사의 눈에 한 줄기 광채가 번득였다. 하지만 그 빛은 이내 사라지고 말았다.

　"오, 헤스터 프린! 당신은 무릎이 떨려 비틀거리는 사람에게 달리기를 하라고 말하고 있구려! 나는 여기서 죽을 수밖에 없소. 내게는 드넓고 낯선 세계에서 모험을 할 힘도 용기도 남아 있지 않소. 나 혼자서는!"

　그것은 파탄에 이른 정신이 내지르는 마지막 절망의 절규였다. 그에게는 손아귀에 들어온 행운을 움켜쥘 힘조차 없었다.

　그가 마지막 말을 되풀이했다.

　"헤스터 프린, 나 혼자서는!"

　"당신 혼자 보내지 않겠어요." 헤스터가 그윽하게 속삭이듯 말했다.

　그렇다면? 그렇다면 더 이상 말이 필요 없었다.

11 환희의 빛, 그리고 어두운 전조

아서 딤스데일은 희망과 기쁨에 찬 눈길로 헤스터 프린를 바라보았다. 하지만 그 눈길에는 자신이 감히 입 밖에 낼 수 없었던 말을 들은 데 대한 불안과 공포의 빛도 어려 있었다. 하지만 헤스터 프린은 달랐다. 그녀는 오랫동안 사회로부터 소외되어왔기에 그만큼 목사보다 더 자유로웠다. 그녀는 그 어떤 규칙이나 안내도 없이 홀로 황야를 자유롭게 방황해온 셈이었다. 덕분에 그녀는 인간의 제도나 관습을 얼마든지 낯설게 비판적으로 볼 수 있었다. 그녀의 가슴에 달린 주홍 글자는 그녀에게 다른 여성이라면 감히 밟을 수 없는 곳을 돌아다녀도 좋다고 허락해준 통행권과 같았다.

치욕과 절망과 고독! 그것들이 바로 그녀의 스승이었다. 그것들은 그녀를 움츠러들게 만든 게 아니라 강인하고 자유롭게 만들어주었다.

목사에게는 그런 정신적 자유와 강인함이 없었다. 그는 단한 번 가장 신성한 법칙을 깨뜨린 것 외에는 법의 테두리를 벗어난 적이 없는 사람이었다. 더욱이 그것은 일순간의 욕정에서 저지른 죄였을 뿐, 무슨 원칙에 의해 저지른 죄도 아니었다. 그는 철저히 사회 체제와 규율의 테두리 안 인물이었다.

그런 딤스데일이 오랫동안의 가책 때문에 기진맥진해 있었다. 그래서 그는 혼란스러웠다. 도망을 쳐서 스스로 죄를 고백한 죄인의 꼴이 될 것인지, 아니면 위선적인 삶을 계속할 것인지, 그 갈림길에서 그의 양심은 시원한 답을 내지 못한 상태에 있었다. 암담하기 그지없는 앞길, 치욕과 죽음과 적의 흉계를 피할 수 없는 현실에서, 이 가련한 순례자에게 그런 가혹한 운명과는 다른 인간적 삶의 한 줄기 빛이 나타난 것이고 그는 그 빛의 인도를 따르기로 결심한 것이다. 더욱이 헤스터 프린과 함께라면!

그는 생각했다.

'지난 7년 동안의 세월에서 잠시라도 희망과 안식을 느꼈던 순간이 있었던가! 만일 그런 순간을 떠올릴 수만 있으면 하나님의 자비를 얻기 위해서 그냥 견디겠어. 하지만 나는 지금 돌이킬 수 없는 형을 받고 있는 죄수일 뿐이야. 사형수가 처형되기 전에 그에게 허용된 그런 위안을 잡아채지 않을 이유가 있겠는가? 그리고 헤스터가 주장하듯, 만일 이 길이 보다 나은 삶을 향한 길이라면 그 길을 택한다고 해서 좀 더 올바른 길을 저버린 셈이 되는 것도 아니야. 게다가 난 이제 헤스터 프린 없이는 살 수 없어. 이토록 힘 있게 나를 부축해주고 이토록 다정하게 나를 위로해주니!' 그런 뒤 그는 마음속으로 기도했다. '오, 감히 눈을 들어 바라볼 수 없는 분이시여! 저를 용서해주시겠나이까!'

마음을 그렇게 정하고 나니 이상한 환희의 빛이 고통에 빠져 있던 목사의 가슴을 비추었다. 그것은 마치 자신의 마음이라는 토굴에서 빠져 나온 죄수가 자연 그대로의 땅에서 불어오는 신선하고 자유로운 공기를 들이마시는 것과도 같았다. 바닥을 기어 다니던 영혼이 다시 한 번 도약해서 더 가까이에서 하늘을 본 것 같았으며, 본래 지니고 있던 종교적 기질 덕분에 그는 그런 기쁨 속에서 일종의 경건함을 맛보았다.

그는 자신도 믿을 수 없다는 듯 큰 소리로 외쳤다.

"내가 다시 기쁨을 느끼는 건가? 내 안의 기쁨의 씨앗은 죽어버린 줄 알았건만! 오, 헤스터 프린! 당신은 나의 최고의 천사요! 더러워진 몸뚱이로 낙엽 위를 뒹굴다가, 자비로우신 그분을 찬미할 새로운 존재로 다시 태어난 기분이오!"

헤스터 프린이 대답했다. "우리, 이제 뒤를 돌아다보지 말아요. 과거는 사라졌어요. 왜 우리가 거기 매달려 있어야 하는 거지요? 자, 보세요! 저는 이 징표와 함께 과거를 말끔히 씻어버리고 과거가 전혀 없었던 것처럼 만들겠어요."

그 말과 함께 헤스터 프린은 주홍 글자를 저고리에서 떼어내 멀리 개울가로 던져버렸다. 그 신비스러운 징표는 개울가 가장자리에 떨어졌다. 조금만 더 날아갔더라도 아마 주홍 글자는 개울 속으로 떨어졌을 것이고, 개울은 여전히 알아들을 수 없는 말을 종알거리며 그 슬픔을 싣고 흘러갔으리라.

그 징표를 벗어던지자 헤스터 프린은 길고 긴 한숨을 내쉬었다. 그리고 그 한숨과 함께 치욕과 고뇌의 무거운 짐도 그녀의 마음에서 사라져버렸다. 아, 얼마나 후련한가! 자유를 느끼자 그녀는 비로소 그 무거운 짐의 무게를 벗어던진 것이다. 그녀는 또 다른 충동으로 머리카락을 덮고 있던 모자를 벗어던졌다. 윤기 있는 머리카락이 그녀의 어깨 위로 떨어져 늘어지면서 그녀의 얼굴은 부드러운 매력을 되찾았다. 얼굴에는 부드러운 미소가 흘렀으며, 오랫동안 그토록 창백하던 두 뺨에도 발그레한 빛이 감돌았다. 여성으로서의 매력과 온갖 풍요로운 아름다움이 되돌아온 것이다.

동시에 두 사람에게서 슬픔이 사라졌다. 그리고 그 순간 마치 축복이라도 내리듯 햇빛이 찬란하게 쏟아져 어두운 숲속을 비추자, 초록색 나뭇잎은 기쁨에 넘쳤으며 누런 낙엽은 금빛으로 변했고, 장엄한 나무들의 줄기가 햇빛에 반짝거렸다.

헤스터 프린은 그들 앞에 놓인 또 다른 기쁨을 생각하며 목사에게 말했다.

"당신은 물론 펄을 아시겠지요? 우리의 귀여운 펄 말이에요! 물론 당신이 전에 그 아이를 보았다는 걸 알고 있어요. 하지만 이제 그 애를 다른 눈으로 보는 거예요. 참 이상한 아이에요. 전 그 아이를 좀처럼 이해할 수가 없어요. 하지만 당신은 그 애를 사랑해주시겠지요? 내가 그 애를 어떻게 다루어야 할지 제게 가르쳐주시겠지요?"

"그 애가 나를 알고 좋아할 것 같소? 나는 오래전부터 아이들을 멀리해왔소. 아이들이 나를 믿으려 하지 않고 친해지려 하지 않았기 때문이오. 나는 펄을 무서워하기까지 했소."

"걱정 말아요. 당신과 펄은 서로 사랑하게 될 거예요. 자, 제가 펄을 부를게요."

펄은 개울 건너편에 서 있었다. 어머니가 펄의 이름을 부르자 그 애는 처음에는 깡충거리며 뛰어 오더니 천천히 걸음을 늦추었다. 아이의 눈에 목사의 모습이 보였기 때문이다.

그들 쪽으로 천천히 걸어오는 펄을 가리키며 헤스터가 목사에게 말했다.

"참, 예쁘지 않아요? 들꽃들로 치장을 했는데도 온갖 보석들로 치장한 것 같잖아요. 당신과 저 애는 서로를 좋아하게 될 거예요."

"헤스터 프린, 당신은 모를 거요. 저 애를 볼 때마다 내 가슴이 얼마나 덜컹했는지! 그리고 그런 걱정을 한다는 자신을 얼마나 끔찍하게 여겼는지! 나는 저 애가 나를 닮았다는 것을 사람들이 알아볼까봐 겁을 냈던 거요. 하지만 저 아이는 당신을 더 많이 닮았지."

두 사람은 일찍이 느껴보지 못한 행복감에 젖어 아이가 다가오는 모습을 바라보고 있었다. 펄은 둘이 하나로 맺어진 결합의 결정체였다. 그리고 육체적 결합의 결정체일 뿐 아니라 정신의 표상이기도 했다. 펄을 바라보며 둘은 그들의 이승에서의 삶뿐 아니라 저승에서의 운명도 하나로 엮여 있으리라는 것을 조금도 의심하지 않았다.

펄은 개울 가장자리에 이른 뒤, 그 자리에 그대로 서서 나무 등걸에 앉아 자신을 기다리고 있는 두 사람을 바라보았다. 그곳에 우두커니 선 채 두 사람을 바라보고 있는 펄의 모습에는 뭔가 이상한 게 있었다. 그 모습을 보고 있는 헤스터 프린에게는 막연하나마 자신이 펄에게서 멀어지고 있는 것 같은 불안한 느낌이 들었다. 마치 그 아이가 숲속을 혼자 거닐다가 아이와 어머니가 함께 지내던 세상에서 벗어나 아무리 돌아오려 해도 영영 돌아올 수 없게 되어버린 것만 같았다.

그것은 사실이었다. 하지만 그것은 펄의 탓이 아니라 헤스터 프린 탓이었다. 어머니의 감정의 원 안에 다른 사람이 들어와 있었고, 그 때문에 딸은 이전의 자기 자리를 찾을 수 없었던 것이다.

헤스터가 딸을 재촉했다.

"펄, 어서 이리 건너오렴. 여기 엄마 친구분이 계셔. 이분이 네 친구가 되셔서 너를 사랑해주실 거야. 너는 이전보다 갑절로 사랑을 받게 되는 거야. 어서 개울을 뛰어넘으렴."

펄은 어머니 말에 아무런 대꾸도 없이 건너편에 우두커니 서 있었다. 헤스터가 계속 재촉하자 펄은 한 손을 들어 집게손가락을 뻗더니 어머니의 가슴을 가리켰다. 그래도 어머니가 계속 건너오라고 재촉하자 펄은 갑자기 손발을 버둥거리고 온몸을 비틀면서 고함을 지르기 시작했다. 하지만 손가락은 여전히 헤스터 프린의 가슴을 가리키고 있었다.

마침내 헤스터가 알았다는 듯 목사에게 말했다.

"왜 저렇게 심술을 부리는지 알겠어요." 그녀는 고통을 감추려 애쓰고 있었지만 얼굴은 백지장처럼 창백해져 있었다.

"아이들이란 제 눈에 익숙해 있던 것이 조금만 바뀌어도 참지를 못해요. 펄은 제가 늘 달고 다니던 것이 없어졌다고 저러는 거예요."

"당신이 어서 저 애를 달래보구려." 목사가 말했다.

그러자 헤스터가 체념한 표정으로 한숨을 내쉬더니 펄을 향해 슬픈 목소리로 말했다. 두 뺨은 마치 시체처럼 창백해져 있었다.

"펄, 발밑을 내려다보려무나. 그래, 거기 네가 서 있는 앞 개울가 쪽을!"

아이는 어머니가 가리키는 쪽으로 눈길을 돌렸다. 그곳, 개울가 가까운 곳에 주홍 글자가 놓여 있었고 황금빛 자수가 개울 속에 비치고 있었다.

"그걸 이리 가져온!" 헤스터가 말했다.

"엄마가 와서 가져가!" 펄이 대답했다.

헤스터 프린은 "참 별나게도 구네"라고 혼잣말을 하며 개울가로 다가가 주홍 글자를 집어서 다시 가슴에 달았다. 그녀는 그 끔찍스러운 징표를 다시 가슴에 달면서 어쩔 수 없는 운명의 포로가 된 것이었다. 그녀는 그 주홍 글자를 내동댕이쳐버린 한 시간 동안 자유롭게 숨 쉴 수 있었다. 그런데 또다시 그 주홍빛 비참이 전의 그 자리에서 여전히 빛을 발하고 있는 것이다! 헤스터 프린은 늘어진 머리카락을 다시 틀어 모아 모자 속에 집어넣었다.

그 슬픈 글자에는 모든 것을 시들게 하는 마법의 힘이라도 들어 있는 듯 그녀의 아름다움, 여성으로서의 따스함과 풍성함이 사위어가는 불빛처럼 모두 사라져버렸다. 그 대신 잿빛 그림자가 그녀의 몸에 내려앉은 것 같았다.

헤스터가 가슴에 주홍 글자를 달고 나서야 펄은 고분고분해졌다. 펄은 개울을 뛰어넘더니 헤스터 프린를 두 팔로 껴안으며 말했다.

"이제 정말 우리 엄마네! 나는 엄마의 귀여운 펄이고!"

펄은 어머니의 이마와 두 뺨에 입을 맞추었다. 그런데 마치 위안을 준 뒤에 고통을 주려는 듯 주홍 글자에도 입을 맞추는 것이 아닌가!

"그건 별로 반갑지 않은데. 너는 늘 엄마를 사랑하는가 싶다가도 바로 놀려대는구나!"

그러자 펄이 목사를 가리키며 물었다.

"목사님이 왜 저기 앉아 계시는 거야?"

"너를 반겨주시려고. 목사님은 너를 사랑하셔. 어서 가서 축복해달라고 말씀드려."

"그런데 목사님은 왜 늘 가슴에 손을 얹고 계셔?"

"바보 같은 것 묻지 말고 어서 가서 축복을 부탁드려."

하지만 아이는 우물쭈물하며 뒤로 물러날 뿐이었다. 목사가 일어나서 아이의 이마에 입을 맞추었다. 그러자 아이는 개울가로 달려가더니 물로 이마를 씻어냈다. 그런 뒤 아이는 저만치 떨어져서 어머니와 목사를 물끄러미 바라보았다.

그사이 두 사람은 앞으로 어떻게 해야 할지 미래의 계획과 목적에 대해 이야기를 나누었다.

12 혼돈 속의 목사

　　　　　　헤스터 프린과 펄보다 먼저 길을 떠나면서 목사는 뒤를 돌아다보았다. 어스름한 가운데 그들의 윤곽이나마 확인하고 정녕 이게 현실인지 확인하기 위해서였다. 자신의 삶에서 맞이하게 된 이 엄청난 변화를 그는 쉽게 받아들일 수 없었다. 잿빛 옷을 입은 헤스터 프린은 나무 그루터기 옆에 여전히 서 있었으며 다시 어머니 곁에서 제자리를 차지한 펄이 있었다. 그러자 목사에게는 방금 전의 일이 모두 한바탕 꿈처럼 여겨졌다.

　그는 이상하게 불안해지는 마음에서 벗어나려고 헤스터와 함께 세운 출발 계획에 대해 하나하나 분명하게 따져보았다.

둘은 뉴잉글랜드나 아메리카 대륙의 황야보다는 구대륙이 도피처로 유리하다는 결정을 내렸다. 목사의 건강이나 학식과 교양으로 보아 문명사회가 더 적응하기 쉬울 것이기 때문이었다. 그들의 계획을 도와주려는 듯 마침 항구에 배 한 척이 정박해 있었다. 무법이라고까지 할 수는 없었지만 비교적 무책임하고 자유롭게 해상을 떠도는 순항선이었다. 이 배는 최근에 스패니시 메인으로부터 도착한 배로 곧 영국의 브리스틀을 향해 출발할 예정이었다. 헤스터 프린은 그 배의 선장과 선원들을 알고 있었다. 그녀가 자선 봉사단 회원으로 봉사활동을 하면서 안면을 익혔던 것이다. 그녀는 그들에게 사정하면 어른 두 명과 아이 한 명의 표를 어렵지 않게 구할 수 있다고 말했다.

목사는 배가 언제 출발하느냐고 헤스터 프린에게 대단한 관심을 보이며 물어보았다. 앞으로 나흘 후일 거라고 하자 목사는 '정말 다행이야'라고 중얼거렸다. 딤스데일 목사가 왜 다행이라고 했는지 이 자리에서 밝히는 것은 적당하지 않을 듯도 싶지만 독자들을 위해 숨김없이 밝히기로 하자. 그가 그런 말을 한 것은 지금으로부터 사흘 뒤에 그가 총독 선거 축하 설교를 하기로 예정되어 있었기 때문이다. 그것은 뉴잉글랜드 지방의 목사에게는 더없이 큰 명예였기에, 딤스데일 목사는 성직자의 생애를 마감하는 데 이보다 더 좋은 기회는 없다고 생각하고 있었다. 이 모범생 목사는 속으로 이렇게 생각했다.

'적어도 내가 목사로서의 공적인 의무를 다하지 못했다는 소리는 듣지 않게 될 거야.'

이 불쌍한 목사가 그토록 진지하고도 예리하게 자기 성찰을 한 결과가 그토록 비참할 정도로 자기기만적이었으니 이 얼마나 슬픈 일이란 말인가! 우리는 이 목사가 지닌 모자란 점에 대해 이미 이야기했고 앞으로도 그럴 것이지만 그토록 안타까울 정도로 나약했던 모습은 본 적이 없었다. 그것은 그가 앓고 있는 미묘한 병이 그의 본성을 얼마나 좀먹고 있었던가를 미미하게나마 확실하게 보여준 경우였다. 어느 누구건 자기 자신에게 한쪽 얼굴, 군중을 향해서는 또 다른 한쪽 얼굴을 오랫동안 보이게 되면 어느 것이 진짜 자기 얼굴인지 헷갈리게 되는 법이다.

헤스터를 만나고 돌아오는 딤스데일 목사는 온몸에 힘이 솟는 것 같아서 전에 그에게서는 보기 힘들던 빠른 걸음으로 마을을 향해 걸어갔다. 겨우 이틀 전만 해도 겨우 숨을 몰아쉬며 여러 번 걸음을 멈추던 길이었다. 마을이 가까워지자 눈앞에 나타난 낯익은 모습들이 마치 전과는 완전히 달라진 것 같았다. 집과 풍경뿐 아니라 사람들도 마찬가지였다.

그것은 외부의 풍경이 바뀐 것이 아니라 그것을 바라보는 사람의 마음이 바뀌었음을 의미했다. 단 하루라는 시간이 그에게 몇 해가 지난 것 같은 영향을 미친 것이다. 목사 자신의 의지와 헤스터 프린의 의지, 둘 사이에 맺어진 운명이 그런 변화를 일으킨 것이다.

여기서 그의 마음속에서 일어난 혁명적인 변화를 보여주는 몇 가지 예를 들어보기로 하자.

그는 걸음을 옮길 때마다 무언가 이상하고 난폭한 짓, 나쁜 짓을 저지르고 싶은 충동에 사로잡혔다. 그런 가운데 그는 나이 지긋한 자기 교회 집사 한 명을 길에서 만났다. 그는 당연히 목사에게 말을 건넸다. 그는 올곧은 사람이었으며 목사에 대한 존경심을 품고 있는 사람이었다. 그런데 딤스데일 목사는 그와 대화를 나누면서 식은 땀을 흘렸다. 성찬식에 대한 불경스러운 말이 머릿속에서 계속 떠올랐기 때문이다. 목사는 혀가 제멋대로 굴러가 그런 끔찍한 생각이 입 밖으로 나올까 봐 걱정이 되어 얼굴이 백지장처럼 하얗게 되었다.

그뿐이 아니었다. 그와 황급히 헤어져 길을 가던 목사는 자기 교회 여신도들 가운데 가장 나이가 많은 사람 한 명을 만났다. 믿음이 두터운, 가난한 과부 노파였다. 그동안 이 노파에게 유일한 낙은 목사의 입에서 흘러나오는 복음의 진리를 잘 들리지 않는 귀로 황홀한 듯 귀 기울여 듣고 마음이 새로워지는 일이었다. 그런데 노파의 귀에 입을 댔건만 목사에게는 『성경』 구절이 한 줄도 떠오르지 않았고 오히려 인간의 영혼의 불멸성을 부정하는 짧고 함축적인 몇 마디 말만 생각났을 뿐이다. 만일 노파의 정신 속에 그 말을 똑바로 불어넣었다면 노파는 충격으로 그 자리에서 목숨을 잃었을지도 모른다. 다행히 목사는 횡설수설했기에 노파는 무슨 말인지 제대로 알아듣지 못했다. 아마 하나님이 당신 나름대로의 방법으로 그 뜻을 노파에게 설명해주었으리라.

그는 그 노파와 헤어져 길을 가다가 이번에는 스패니시 메인에서 온 술 취한 뱃사람을 만났다. 그런데 그 사람을 보자마자 목사는 그 부랑자와 악수를 나누고 그들이나 할 수 있는 상스러운 말을 나누며 하나님을 실컷 모독하는 말을 지껄이고 싶은 욕망을 느꼈다. 그래야 꾹 참았던 심사가 풀어질 것 같았다. 그가 그 욕망을 겨우 억누를 수 있었던 것은 성직자로서의 예절이 습관으로 굳어져, 그런 행동을 막아주었기 때문이다.

'도대체 내게 끊임없이 나타나 나를 이렇게 유혹하는 게 무엇일까?' 목사는 길거리에서 발걸음을 멈추고 손으로 이마를 두드리며 마음속으로 외쳤다.

'내가 미친 걸까? 아니면 마귀의 손아귀에 완전히 넘어간 건가? 내가 숲에서 악마와 계약을 맺고 내 피로 서명을 했단 말인가? 마귀가 그 계약을 이행하라고 내게 그 흉악한 짓들을 시키는 것이란 말인가?'

목사가 그런 생각에 잠겨 길을 가고 있을 때 히빈스 부인과 마주쳤다는 사실도 밝혀야 하리라. 히빈스 부인은 벨링엄 총독의 누이로서 마녀로 알려져 있었으며 실제로 훗날 마녀 화형을 당한 여자다.

부인은 목사를 만나자 교활한 미소를 지으며 목사의 얼굴을 날카롭게 바라본 뒤 이렇게 말했다.

"목사님, 숲속에 다녀오시는 길이군요. 다음에는 제게 미리 알려주세요. 제가 기꺼이 모시고 갈 테니까요. 그러면 제가 모시고 있는 마왕에게 융성한 대접을 받으실 수 있을 겁니다."

목사는 정중하게 인사하며 대답했다.

"부인, 무슨 말씀을 하시는지 모르겠군요. 제가 그런 목적으로 숲을 찾아갈 일은 없을 것입니다."

"하하하, 시치미를 떼시네요. 좋아요. 지금은 대낮이니까 그렇게 말씀하실 수밖에 없겠지요. 하지만 밤이 되면 우리 숲에서 다른 이야기를 나누지요."

히빈스 부인은 노부인다운 위엄을 보이며 멀어져갔다. 하지만 가끔 뒤를 흘깃흘깃 돌아보며 마치 두 사람 사이에 깊은 인연이라도 맺어진 것 같은 은밀한 눈길을 보냈다.

목사는 몸을 부르르 떨면서 생각했다.

'그렇다면 내가 마귀에게 몸을 판 것일까? 저 마녀 할멈이 주인으로 모시고 있는 그 숲속의 마왕에게?'

그렇다! 오, 가엾은 목사! 그는 바로 그와 비슷한 흥정을 한 셈이었던 것이다. 행복을 향한 꿈의 유혹을 받아 그는 생전 처음으로 스스로 치명적 죄악이라고 알고 있던 것에 자진해서

제 몸을 맡긴 것이었다. 그리고 그 죄악의 독이 순식간에 그의 정신 조직 속으로 골고루 퍼져나갔던 것이다. 그 독은 모든 축복받은 충동을 마비시키고 악의 충동을 온통 생생하게 깨어나게 했다. 경멸, 냉혹함, 이유 없는 심술, 나쁜 일을 저지르고 싶은 근거 없는 욕구, 선하고 성스러운 것이라면 비웃으려는 온갖 충동이 일시에 깨어나 한편으로는 그를 놀라게 했고, 한편으로는 그를 유혹했던 것이다.

집에 다다른 목사는 서재 속에 몸을 숨겼다. 길에서 만난 숱한 위기를 모면하고 자신의 정체를 감춘 채 집에 올 수 있어서 목사는 다행이라고 생각했다. 방 안 분위기는 여전했지만 거리를 걸었을 때와 마찬가지로 이곳에서도 모든 것이 색다르게 보였다. 바로 이 방에서 목사는 연구를 하고 글을 쓰기도 했으며 금식도 하고 밤새 기도를 드리기도 했다.

테이블 위에는 『성경』이 있었다. 그 속에서 모세와 예언자들이 그에게 이야기를 건넸고, 하나님의 목소리가 깃들어 있던 그 『성경』! 그리고 그 옆에 쓰다 만 설교 초안이 잉크 묻은 펜과 나란히 놓여 있었다. 이틀 전에 쓰다가 생각이 안 나는 바람에 중간에 그만둔 원고였다. 온갖 일을 겪고 고통을 당하면서도 그 총독 선거 축하 설교를 여기까지 쓴 것은 바로 다름 아닌 야윈 뺨의 그 자신이 아니던가! 그런데 지금 그는 자신이 지난날의 자신과 거리를 둔 채, 그 지난 날의 자신을 비웃고 불쌍해하면서, 혹은 약간 부러워하는 듯한 호기심으로 바라보고 있는 것 같은 느낌을 받았다. 그전의 자아는 사라졌다. 다른 사람이 숲으로부터 나왔다. 지난날의 순진했던 자신은 도저히 얻을 수 없었던, 숨어 있는 신비에 대한 지식을 갖춘, 훨씬 더 현명한 사람이. 하지만 그 지식은 그 얼마나 쓰라린 지식이란 말인가!

그가 이 생각 저 생각에 젖어 있을 때 방문을 두드리는 소리가 들렸다. 그는 들어오라고 말하면서 혹시 마귀가 아닐까 하는 생각을 했다. 그런데 정말 그랬다. 들어온 사람은 바로 로저 칠링워스 노인이었던 것이다. 목사는 얼굴이 하얗게 질린 채 한 손은 히브리어 『성경』에, 다른 한 손은 가슴에 얹고 말없이 서 있었다.

의사가 말했다.

"잘 다녀오셨습니까, 목사님. 엘리엇 전도사님께서도 안녕하시고요? 그런데 목사님, 안색이 별로 안 좋으십니다. 여행

이 힘드셨나봅니다. 선거 축하 설교를 하시기 위해서는 원기를 좀 회복하셔야 하지 않겠습니까?"

"아뇨, 그럴 필요 없습니다. 서재에만 처박혀 있다가 이렇게 바깥바람을 쐬고나니 오히려 몸이 좋아진 것 같습니다. 의사 선생님, 이제 선생님의 약이 필요 없을 것 같군요. 정성들여 지어주신 약이라서 제 몸에 좋은 줄은 알지만……."

목사가 말을 하는 동안 칠링워스는 환자를 대하는 의사의 눈길로 심각하게 목사를 바라보고 있었다. 목사는 의사가 저런 눈길을 하고 있더라도 자신이 헤스터 프린과 만났다는 사실을 알고 있으리라고 생각했다. 아니면 최소한 그러리라 의심은 하고 있으리라고 생각했다. 이때 의사도 목사의 눈길에서 자신이 더 이상 이 환자의 믿음직한 친구이며 의사가 아니라 무서운 적으로 변했다는 것을 알아차렸다. 그러나 둘은 모두 시치미를 뗐다.

이윽고 의사가 말했다.

"그래도 오늘만은 치료를 받아보시지요. 목사님, 선거 축하 설교를 하시려면 몸을 훨씬 더 추스르셔야 합니다. 모두들 기대가 크거든요."

그런데 그 말과 함께 의사는 슬그머니 이상한 암시를 했다.

"목사님, 해가 바뀌면 혹시 목사님께서 이곳에 계시지 않게 될까 사람들이 걱정하더군요."

목사는 움찔하며 대답했다.

"글쎄요, 저 세상으로나 가게 될지…… 암튼 의사 선생님, 더 이상 선생님의 약은 필요 없을 것 같습니다. 지금 제 몸의 상태로 봐서 그렇습니다."

"그거 듣던 중 반가운 소식입니다. 제가 지어드린 약이 이제야 효력을 발휘하는 모양이군요."

의사는 더 이상 왈가왈부하지 않고 물러갔다.

홀로 남은 목사는 하인을 불러 음식을 갖다 달라고 부탁했다. 그리고 음식이 오자 왕성한 식욕으로 식사를 했다. 그런 후 쓰다 만 설교 원고를 불속으로 집어 던지고 새롭게 원고를 쓰기 시작했다. 그런데 온갖 생각과 감정이 용솟음치는 게 마치 하나님의 계시라도 받은 것 같았다. 목사는 희열에 차서 진지하게 서둘러 작업을 계속했다. 아침이 밝았을 때 목사는 여전히 손가락 사이에 펜을 잡고 있었고, 그의 뒤에는 그가 써놓은 엄청난 분량의 원고가 놓여 있었다.

13 경축일

　　　　　　새 총독이 주민들의 손에 직권을 부여받게 되는 선거 날, 헤스터 프린과 어린 펄은 장터로 나왔다. 장터는 이미 많은 사람들로 붐비고 있었다.

지난 7년 동안 늘 그랬듯이 헤스터 프린은 이번 경축일에도 초라한 잿빛 옷을 입고 나왔다. 얼핏 보기에 그녀의 표정은 여전히 차분했다. 마치 가면을 쓴 것 같기도 했고 싸늘하게 얼어붙은 것 같기도 했다. 헤스터 프린의 표정이 언제나 그랬던 것은 자신은 이 세상 밖의 죽은 존재와 다름없다고 생각했기 때문이다.

하지만 그녀의 얼굴에는 비록 뚜렷하지는 않았지만 전과는 다른 그 어떤 표정이 떠올라 있었다. 그러나 그 변화는 너무나 미미해서 그녀의 마음과 표정을 세심하게 관찰해온 사람이 아니라면 알아챌 수 없을 정도였다. 사람들의 희생양이었던 그녀, 평생 사람들의 노예였던 그녀는 아마 속으로 그들에게 이렇게 말하고 있었는지도 모른다.

'자, 이 주홍 글자, 그리고 그 주홍 글자를 달고 있는 사람을 마지막으로 보시지요. 조금만 있으면 그녀는 당신들의 손길이 미치지 않는 곳으로 사라진답니다. 당신들이 그녀의 가슴 위에서 불타게 만들었던 그 상징을 바다가 삼켜버릴 거랍니다.'

펄은 언제나처럼 아주 화려하게 차려입고 있었다. 마치 이 세상 아이가 아닌 것 같았다. 이렇게 눈부신 요정 같은 아이를 그 침침한 잿빛 옷차림의 여인이 낳았으리라고는 도저히 믿어지지 않을 정도였다. 아이와 아이가 입고 있는 옷은 마치 나비에게서 찬란한 광채를 따로 분리해내는 게 불가능한 것처럼 하나가 되어 있었고 그 옷은 그녀의 천성과 조화를 이루고 있었다.

펄은 어머니 곁에서 걷고 있다기보다는 차라리 훨훨 날아다니는 것 같았다. 그 애는 신기한 듯 수많은 사람들을 바라보며 엄마에게 말했다.

"엄마, 사람들이 전부 일도 안 하고 여기 나와 있네. 전부 나들이옷을 입었네. 엄마, 인디언들도 있고 뱃사람들도 있어. 왜 전부 여기 이렇게 모여 있는 거야?"

"행렬이 지나가는 걸 구경하려고 이렇게 모여 있는 거란다. 총독님이랑 치안 판사들이 지나갈 거야. 목사님들이랑 높은 분들, 훌륭한 분들도 지나갈 거고. 악대와 병정도 지나갈 거란다."

"그럼 그 목사님도 나오시겠네. 엄마, 그분이 숲에서처럼 두 손을 내밀어 나를 반겨주실까?"

"그래, 목사님도 지나가실 거야. 하지만 그때처럼 너를 아는 체하시지 않을 거야. 너도 아는 체해서는 안 돼."

그러자 펄이 중얼거렸다.

"목사님은 참 이상한 분이야. 언제나 어두운 데서만 우리를 만나고, 우리 손을 잡아주잖아. 숲에서도 그랬고, 전에 처형대 위에서도 그랬고. 그런데 햇빛이 환한 이런 곳에서는 왜 우리를 모른 척하시지?"

그러자 헤스터가 꾸짖듯 말했다.

"펄, 입 다물지 못하겠니? 너는 아직 왜 그런지 몰라. 목사님 생각은 그만 하고 이제 저 즐거워하는 사람들이나 둘러보도록 해."

헤스터 프린의 말대로 모든 사람들의 얼굴이 즐거움으로 환하게 빛나고 있었다. 청교도들은 그때부터 그 이후 두 세기 동안, 나약한 인간에게 허용될 수 있다고 생각되는 온갖 기쁨과 즐거움을 1년 가운데 하루뿐인 이 축제 기간에 압축해놓았기 때문이다. 그날만은 청교도들도 일상적으로 그들을 덮고 있던 구름을 걷어냈으며, 다른 사회였다면 사회 전체가 무슨 큰 고통을 겪었을 때나 지어보일 수 있는 심각한 표정을 짓지 않았다.

우리는 눈길을 헤스터 프린 모녀에게서 잠시 다른 곳으로 옮겨보기로 하자. 우리는 펄의 입을 통해 장터에 모인 사람들 가운데 뱃사람들도 있었다는 것을 알았다. 바로 헤스터 프린 모녀와 목사가 승선하기로 한 배의 뱃사람들이었다. 그런데 로저 칠링워스 노인이 바로 그 배의 선장과 다정히 이야기를 나누며 시장터로 들어서고 있었다. 선장의 옷차림은 대단히 화려해서 곧 사람들 눈에 띄었다. 옷에는 리본을 치렁치렁

매달고 금빛 레이스로 치장하고 둘레에 금빛 사슬을 두른 모
자에는 깃털이 꽂혀 있었다.

장터로 들어온 칠링워스 노인과 선장은 곧바로 헤어졌다.
아마 둘 사이에 할 이야기를 마친 모양이었다. 노인과 헤어진
선장은 한가롭게 장터 여기저기를 거닐다가 우연히 헤스터
프린이 있는 곳까지 오게 되었다. 그는 그녀를 알아보고 선뜻
말을 건넸다.

언제나 그렇듯이 헤스터가 서 있는 곳 주변에는 작은 빈 공
간이 있었다. 사람들은 근처에서 마구 서로 밀치고 덮치고 하
면서도 둥근 마법지대라고 부를 수 있는 그 원 안으로는 감히
발을 들여놓지 않았다. 그 공간은 주홍 글자가, 그 글자를 숙
명적으로 달고 있는 사람을 감싸고 있는 도덕적 고독의 강력
한 상징이었다. 게다가 그녀 자신이 과묵한데다, 사람들과 거
리를 두며 살았기 때문에 그 원은 더욱 불가침의 영역이 되었
다. 하지만 바로 그 덕분에 헤스터 프린이 선장과 주고받는 이
야기를 남들이 엿들을 위험이 없었다.

선장은 거리낌 없이 그 원 안으로 들어왔고, 헤스터 프린은
자유롭게 선장과 이야기를 나눌 수 있었다. 그녀에 대한 세상

사람들의 평판이 전과 달라져 있었기에, 그녀가 외간 남자와 이야기를 나눈다 해서 뒤에서 수군거릴 사람은 없었다.

선장이 말했다.

"부인, 부인이 주문하신 침대 외에 하나 더 마련하라고 급사에게 지시해야겠지요. 이번 항해 때 병 걱정일랑 할 필요가 없게 됐습니다. 원래 배에 타고 있던 의사에다, 또 다른 의사 한 분이 타게 되었으니 말입니다."

헤스터가 흠칫 놀라며 물었다.

"무슨 말씀이세요? 우리 외에 승객이 또 있단 말인가요?"

"아직 모르고 계셨나요? 이곳에 사는 의사가, 이름이 칠링워스라고 하던가, 아무튼 그 의사가 당신들과 함께 배에 타겠다고 하던데. 허허, 나는 부인이 이미 알고 있는 줄 알았지요. 당신들과 동행이고, 함께 떠나는 남자분과는 잘 아는 사이라고 하기에."

헤스터 프린은 속으로 소스라치게 놀랐지만 겉으로는 태연하게 말했다.

"그래요, 둘은 잘 아는 사이이지요. 오랫동안 한 지붕 밑에서 지냈으니까요."

대화는 그것으로 끝났다. 순간 시장터 먼 귀퉁이에서 헤스터를 보고 빙그레 미소 짓는 로저 칠링워스의 모습이 보였다. 남모를 비밀과 무서운 뜻을 지닌 미소였다.

이 노릇을 어쩌나 하며 헤스터가 정신을 수습하기도 전에 군악대 소리가 가까운 곳에서 들렸다. 교회를 향하는 행렬이 가까이 오고 있다는 신호였다. 딤스데일 목사는 오랜 관례에 따라 교회에서 축하 설교를 하기로 되어 있었다.

곧이어 행렬이 시야에 들어왔다. 행렬은 군악대를 앞세우고 의장대가 뒤따르고 있었으며 그 뒤를 치안 판사 같은 문관들이 잇고 있었다. 당시에는 개인적 재능보다는 중후한 성격과 위엄 있는 태도가 훨씬 중시되고 있었기에 거의 모두들 근엄한 얼굴들이었다.

치안 판사들 뒤에 경축일 설교를 하게 될 목사가 뒤따르고 있었다. 당시 목사라는 직업은 거의 모든 사람들로부터 숭배에 가까운 존경을 받았기에 야심이 많은 젊은이들이 강한 유혹을 느끼는 직업이었다. 심지어 정치권력조차 성공한 목사들의 손아귀에 있다고 할 수 있었다.

목사의 걸음걸이는 이전 그 어느 때보다도 당당했다. 몸도 구부정하게 구부리지 않았고, 손이 가슴 위로 올라가 있지도 않았다. 그런데 목사의 모습을 자세히 살펴보면 그 당당함이 육체적 힘에서 나오는 것 같지는 않았다. 그것은 정신적 당당함처럼 보였고 천사의 도움을 받은 힘처럼 보였다. 이전에는 보기 드물었던 힘으로 앞으로 나아가는 그의 몸이 거기에 있었다. 하지만 그의 마음은 어디에 있었는가? 그 마음은 자기 고유의 영역에 깊숙이 틀어박혀 있었다. 그리고 곧이어 그 깊숙한 곳으로부터 나와서 당당하게 행렬을 이루게 될 생각들을 지휘하느라 거의 초자연적인 활동을 하고 있었다. 그 때문에 그는 주변에서 들리는 소리를 들을 수 없었으며 아무것도 보이지 않았고 아무것도 알 수 없었다.

그런 목사의 모습을 계속 주시하고 있던 헤스터 프린은 뭔가 서글픈 기분이 엄습하는 것을 느꼈다. 하지만 그것이 어디서 오는 것인지, 무엇 때문에 오는 것인지는 알 수 없었다. 다만 목사가 자신과 너무 멀리 떨어져 도저히 손길이 닿지 않는 곳에 있는 것 같다는 느낌만 들 뿐이었다. 아아, 둘 사이에 서로를 알아보는 눈길만이라도 주고받을 수 있지 않은가? 그런데 그는?

그녀는 그 어두침침한 숲을 생각하고 있었다. 그 숲의 고독한 작은 골짜기, 이끼 긴 나무그루터기, 그곳에서의 사랑과 고뇌에 대해 생각하고 있었다. 그들은 그곳에 앉아 손을 맞잡고 우울한 시냇물 소리를 들으며 슬프지만 정열에 넘치는 이야기들을 나누었다. 그때 그들은 얼마나 깊이 서로를 이해할 수 있었던가! 그런데 저 사람이 바로 그 사람이란 말인가? 지금 그녀에게 그 사람은 얼마나 낯선 사람이란 말인가!

그 모든 것이 망상이었으며 한낱 생생한 꿈에 불과했을지도 모른다는 생각, 목사와 자신 사이에는 둘을 엮어줄 아무런 끈이 없다는 생각에 그녀는 우울해졌다. 그녀에게는 아직 여성다움이 한껏 남아 있었기에 그녀는 목사를 용서해줄 수 없었다. 두 사람의 세계에서 목사 홀로 그렇게 완전히 빠져나가 버릴 수 있다는 것을 용서해줄 수 없었다. 적어도 그들의 운명의 무거운 발걸음 소리가 점점 가까이 다가오고 있는 지금으로서는!

펄도 엄마의 기분을 알아차린 것 같았다. 행렬이 모두 지나가자 아이가 엄마의 얼굴을 올려다보며 말했다.

"엄마, 저 사람이 그때 그 목사님 맞아?"

그러자 헤스터가 낮게 속삭였다.

"펄, 조용히 해야 한다. 우리 사이에 숲에서 있었던 일을 장터에서 이야기하면 안 되는 거야."

"난 정말 그분 같지 않았어. 정말 처음 보는 사람 같았거든. 그렇지 않았으면 모든 사람들이 보는 앞에서 입을 맞춰달라고 했을 거야."

"펄, 지금은 그럴 때가 아니야. 장터에서는 더더욱 안 되고. 네가 그러지 않은 게 다행이다."

곧이어 교회에서 시작 기도가 끝나고 설교를 시작하는 딤스데일 목사의 목소리가 들렸다. 헤스터 프린은 감정을 억누르지 못하고 교회 가까이로 갔다. 교회에는 입추의 여지없이 사람들이 몰려 있었기에 헤스터 프린은 처형대 바로 옆에 자리를 잡았다. 설교가 충분히 들릴 수 있을 정도로 가까운 곳이어서 목사 특유의 목소리가 나지막하게 물 흐르듯이 들려왔다.

목사의 목소리는 그 자체로 축복받은 재능이었다. 청중은 그의 말을 알아듣지 못하더라도 그 음조와 억양만으로도 감동을 받았다. 지금의 헤스터가 바로 그러했다. 하지만 그 음성의 밑바닥에는 비애가 깔려 있었다. 헤스터가 목사의 음성에 귀를 기울이고 있는 동안 펄은 어머니 곁을 떠나 시장터를 돌아다니며 멋대로 뛰어놀고 있었다. 펄이 여기저기 뛰어 돌아다니는 중 헤스터 프린과 이야기를 나누었던 선장이 그 애를 발견했다. 선장이 펄을 부르더니 말했다.

"애야, 저기 저 주홍 글자를 달고 있는 분이 네 엄마지?"

펄이 고개를 까딱하자 그가 말했다.

"엄마한테 내 말 좀 전해주렴."

"마음에 드는 말이라면요."

"잔소리 말고 이렇게 전해라. 내가 얼굴이 검고 어깨가 구부정한 의사 선생님과 다시 이야기를 나누었다고. 네 엄마도 잘 아는 다른 신사 분은 그 의사가 배로 데려오기로 약속을 했다니까, 엄마는 그 사람 신경 쓰지 말고 너하고 엄마 둘만 알아서 하면 된다고. 요, 마녀 아가씨야, 엄마한테 제대로 전해줄 거지?"

펄은 장터를 더 돌아다니다가 엄마에게 와서 선장이 한 말을 전했다. 이제까지 겨우 꿋꿋하게 버텨오던 헤스터 프린도 이 피할 수 없는 암담하고 냉혹한 운명 앞에서는 흔들릴 수밖에 없었다. 목사와 자신이 겨우 미로에서 벗어날 수 있는 길이 막 열리려는 순간, 그 냉혹한 운명이 무자비한 웃음을 띠고 그들의 앞길 한복판에 떡하니 그 모습을 드러낸 것이다. 그녀는 거의 그 자리에 주저앉다시피 할 수밖에 없었다.

그런데 그녀가 겪어야 할 시련은 그것만이 아니었다. 근처 시골 마을에서 온 사람들이 그녀 주변으로 몰려들기 시작한 것이다. 그들은 주홍 글자에 대한 무서운 소문을 들었지만 정작 직접 보지는 못했었다. 그들은 다른 유흥거리에 싫증이 나자 거침없이 사람들을 헤치고 헤스터 프린 앞으로 몰려온 것이다. 그 외에 이곳에 정박한 배의 선원들, 원주민 인디언들도 구경꾼들 틈에 섞여 있었으며 심지어 흥미가 되살아난 이곳 주민들까지 어슬렁어슬렁 헤스터 프린 주변으로 몰려들었다.

헤스터가 그 마법과도 같은 치욕의 둥근 원 안에, 그녀가 받은 잔인한 판결이 영원히 그녀를 묶어놓으리라는 것을 증명하는 것과도 같은 그 둥근 원 안에 서 있는 동안, 존경받는 목사는 성스러운 강당에서 깊은 영혼을 자신에게 내맡긴 청중들을 내려다보고 있었다.

교회 안의 성스러운 목사! 장터에서 주홍 글자를 달고 있는 여인! 제아무리 불경스러운 상상력이라 할지라도 그 둘 모두에게 똑같이 불타는 치욕의 낙인이 찍혀 있으리라고 어찌 감히 상상할 수 있었으리오!

14 드러난 가슴속 주홍 글자

마침내 목사의 설교가 끝났다. 사람들의 마음을 사로잡았던 엄청난 마력에서 풀려난 청중이 여전히 두려움과 놀라움의 여진을 간직한 채 교회 밖으로 밀려나오기 시작했다. 설교가 끝나자 그들은 목사가 내뿜은 교회당 안의 짙은, 그의 사상의 향기에서 벗어나 속세의 삶을 살아가기에 더 알맞은 공기를 필요로했던 것이다.

그들이 밖으로 나오자 장터는 온통 목사에 대한 칭찬으로 들끓었다. 그들은 목사를 칭찬하지 않고는 배길 수 없었다. 그들은 이 세상 그 누구도 그만큼 현명하고 고귀하고 성스러운 정신으로 설교를 한 적은 없었다고, 그 누구도 그만큼 생생하게 하나님의 계시를 드러내 보여준 적은 없었다고 이구동성으로 말했다.

딤스데일 목사는 자신의 생애에서 전에도 없었고 앞으로도 없을, 그의 인생에서 가장 찬연히 빛나는 순간, 승리의 순간을 맞이한 셈이었다. 또한 그는 그의 지성과 학식과 웅변과 목사로서의 성스러움으로 당대 그곳 사람들 사이에 가장 높이 우뚝 서게 된 셈이었다. 그러나 그 순간에도 헤스터 프린은 여전히 처형대 옆에 서 있었고 그 가슴에는 여전히 주홍 글자가 불타고 있었다.

이제 다시 행렬이 시작되었다. 이날 경축 행사는 사람들이 이곳을 출발해서 공회당에서 엄숙한 연회를 여는 것으로 마감하게 되어 있었다. 행렬이 시작되자 군중은 공손히 길을 비켜주었다. 행렬이 장터에 다다르자 수많은 사람들이 환호로 그들을 맞았다. 아직도 그들의 가슴에 남아 있는 설교의 감동이 그들에게 불을 붙인 것이다. 그리고 교회 안에서는 억누를 수밖에 없었던 감동이 넓은 하늘 아래서 폭발한 것이다. 지금껏 뉴잉글랜드 땅에서 그런 함성이 울려 퍼진 적이 있었던가! 뉴잉글랜드 땅에서 딤스데일 목사만큼 사람들의 존경을 받은 사람이 있었던가!

그렇다면 정작 목사는 어떻게 하고 있었을까? 머리를 둘러싸고 있는 후광과 함께 공중에 떠 있었을까? 그처럼 영적인 존재가 되었고, 사람들로부터 드높이 떠받들어졌으니 과연 그의 발은 지상의 흙을 밟고나 있었을까?

군인들과 문관 원로들의 행차가 지나가자 사람들은 목사가 보일만한 곳으로 시선을 돌렸다. 그러나 정작 목사의 모습을 보자 사람들의 환호는 속삭임으로 바뀌었다. 그렇게 크나큰 승리를 거둔 사람이 어째 저렇게 힘이 없고 창백해 보일까? 이제 그의 에너지는 하늘에서 가지고 온 신성한 신의 계시를 전하고는 모두 소진돼버렸다. 그의 얼굴에서 생명의 기운은 느껴지지 않았으며 거의 죽은 사람의 얼굴 같았다.

딤스데일 목사는 부축해주려는 윌슨 목사의 손길을 사양하고, 그것도 걸음걸이라고 할 수 있을지 모르겠지만 어쨌든 겨우겨우 앞으로 나아갔다. 그리고 마침내 처형대 맞은편에 이르렀다. 그런데 바로 그곳에 헤스터 프린이 어린 딸의 손을 잡고 서 있는 것이 아닌가! 그리고 그녀의 가슴에 달려 있는 주홍 글자! 행렬은 계속되었지만 목사는 그곳에서 발걸음을 멈추었다. 군중은 놀란 표정으로 그를 바라보고 있었다. 그토록 허약한 목사의 몸은, 마치 천상에 오르기 위한 하나의 과정으로 보였다. 그들의 눈앞에서 목사가 승천하여 점점 멀어지면서 동시에 밝은 빛을 내며 저 하늘의 광명 속으로 사라진다 해도, 그처럼 성스러운 사람에게는 자연스러운 일이라고 여겼을 것이다.

딤스데일 목사는 처형대 쪽으로 고개를 돌리고 두 팔을 벌리고 말했다.

"헤스터 프린, 이리로 와요! 내 귀여운 펄도 이리 온!"

그가 그들에게 던진 시선이 비록 무섭긴 했어도 이상하게도 부드러움과 의기양양함이 함께 뒤섞여 있었다. 어린아이는 새처럼 날쌔게 목사에게 달려가 두 팔로 그의 무릎을 끌어안았다. 헤스터 프린 역시 자신의 의지와는 달리 마치 어쩔 수 없는 운명에 이끌리듯 천천히 목사에게 다가갔다.

그때였다. 군중 틈에 섞여 있던 칠링워스 노인이 튀어나오더니 목사의 팔을 움켜쥐고 그의 행동을 막으며 속삭였다.

"미쳤소? 멈추시오! 저 여인을 멀리하시오. 저 아이도 밀어내시오. 그러면 모든 게 잘될 거요! 명성을 더럽히고 불명예

속에서 죽으려는 거요? 내가 아직 당신을 구할 수 있소. 당신의 성스러운 직책을 더럽히겠다는 거요?"

"오호, 유혹자 악마여! 당신은 이미 늦었소이다!" 목사는 의사의 눈을 정면으로 바라보며 겁에 질리기는 했어도 단호한 목소리로 말했다.

"당신의 힘도 이제 이전 같지 않아. 하나님의 도움으로 나는 이제 거기서 벗어났소!"

목사는 다시 주홍 글자의 여인에게 손을 내밀었다.

"헤스터 프린!" 그는 폐부를 찌르듯 간절하게 부르짖었다.

"내가 7년 전에 하지 못했던 일, 나 자신의 죄와 비참한 고뇌 때문에 하지 못했던 그 일을 이 마지막 순간에 할 수 있도록 은혜를 베풀어주신, 그토록 두렵고 그토록 자비로우신 하나님의 이름으로, 자, 어서 이리 와서 나를 부축해주오! 이 가련한 노인이 악마의 힘으로 내가 하나님의 뜻으로 행하려 하는 일을 막으려 하고 있소. 어서 나를 부축해서 저 처형대 위에 오르게 해주오!"

군중 사이에 큰 소동이 벌어졌다. 그들은 도대체 자신들의 눈앞에서 무슨 일이 벌어지고 있는지 짐작도 하지 못한 채 목사가 헤스터 프린의 부축을 받아 처형대 위로 오르는 모습을 바라보고만 있었다.

처형대 위로 오르면서 목사가 헤스터 프린에게 속삭였다.

"이게 우리가 숲속에서 꿈꾸었던 것보다는 낫지 않소?"

"전 모르겠어요! 정말 모르겠어요! 더 낫다고요? 그래요. 결국 우리 둘이 다 죽고 말겠군요. 펄도 우리와 함께 죽을 거고요!"

"당신과 펄은 하나님의 명에 따르면 되오. 하나님은 자비로우신 분이오. 내, 이제 하나님의 뜻을 따르게 해주오. 헤스터 프린, 나는 이제 곧 죽을 운명이오. 어서 내 수치를 내 스스로 떠받치게 해주오."

이윽고 목사가 처형대 위에 우뚝 섰다. 정오가 겨우 지난 한낮의 태양을 받으며 하나님의 심판의 자리에서 자신의 죄를 밝히려고 그는 그곳에 그렇게 우뚝 섰다.

그가 큰 목소리로 외치기 시작했다. 우렁차고 엄숙한 목소리였지만 떨림과 참회와 고뇌의 심연에서 나오는 목소리이기도 했다.

"뉴잉글랜드 주민 여러분! 그동안 저를 사랑해주신 주민 여러분! 저는 마침내, 7년 전에 마땅히 섰어야 할 이 자리에 섰습니다. 지금 쓰러지려는 저를 부축해 주는 이 여인과 함께 섰습니다.

보십시오! 헤스터 프린이 가슴에 달고 있는 주홍 글자를! 여러분은 그 글자를 보고 몸서리를 쳤습니다. 그런데 그 징표는 바로 이 사내, 여러분들이 성스럽다고 여기시던 이 사내에게도 있었습니다. 하나님의 눈은 그것을 보고 계셨습니다. 천사들도 그것을 향해 손가락질을 하고 있었습니다. 악마도 그것을 알고 불타오르는 손가락으로 건드리며 그 사내를 괴롭혔습니다. 하지만 그는 세상 사람들에게 그것을 감춘 채, 저만이 순결을 간직한 척 여러분 사이를 활보하고 다녔습니다.

하지만 죽음을 앞둔 지금, 그 사내는 마침내 여러분 앞에 섰습니다. 그 사내는 여러분들에게 다시 한 번 헤스터 프린 가슴의 주홍 글자를 바라봐 달라고 부탁드립니다. 여러분들이 신비롭고 무섭다고 여긴 그 주홍 글자는 실은 이 사내가 가슴에 지니고 있는 낙인의 그림자에 불과할 뿐입니다. 죄인을 반드시 벌하시는 하나님의 심판을 의심하시는 분이 혹시 이 자리에 계신가요? 그렇다면 보십시오! 이 무서운 죄의 증거를!"

목사는 안간힘을 써서 앞가슴의 띠를 풀었다. 그러자 그것이 드러났다! 하지만 그 계시(啓示)에 대해 이곳에서 묘사하는 것은 불경스러운 일이다. 한순간 공포에 질린 군중의 시선이 그 기적으로 쏠렸다. 그러나 목사는 더할 나위 없는 절정의 고통에서 승리를 획득한 사람의 표정을 띠고 얼굴빛을 붉게 빛내며 서 있었다. 그런 뒤 그는 처형대 위에서 그대로 쓰러졌다. 헤스터 프린은 목사를 반쯤 일으키며 그 머리를 자기 가슴으로 떠받쳤다. 로저 칠링워스 노인은 마치 넋이 나간 것처럼 얼빠진 표정으로 목사 옆에 무릎을 꿇었다.

"그대, 내게서 빠져나갔군. 기어이 빠져나갔어." 그는 몇 번이고 그 말을 반복했다.

목사가 나직이 말했다.

"하나님이 당신을 용서해주시길! 당신도 너무나 큰 죄를 지었소!"

이어서 목사는 죽음이 깃든 눈길을 노인에게서 두 모녀에게로 돌렸다.

"사랑스러운 펄." 그가 힘없이 말했다. 그의 얼굴에는 영원히 깊은 안식에 드는 영혼처럼 아늑하고 부드러운 미소가 어려 있었다. 아니다. 마치 죄의 짐을 훌훌 털어버린 뒤 어린아이와 장난이라도 치고 싶어하는 것 같은 천진난만함이 드러나 있었다.

"펄, 내게 입 맞춰주지 않겠니? 저 숲속에서 내게 입을 맞춰주려 하지 않았지? 이제 내게 키스를 해주겠니?"

펄은 목사의 입술에 키스를 해주었다. 그러자 마법이 풀렸다. 이 장엄한 비극적 장면이 그 아이의 동정심을 일깨운 것이다. 펄의 눈물이 아버지의 뺨에 떨어졌을 때 그것은 서약의 징표였다. 인간의 기쁨과 슬픔 가운데 자라나서, 영원히 세상과 싸우지 않을 것이며 이 세상 속의 한 여인이 되리라는 서약의 징표. 그 서약과 함께 펄이 맡았던 어머니에 대한 고뇌의 사자 역할도 끝났다.

목사가 말했다.

"헤스터 프린, 부디 잘 있구려."

그러자 그녀가 자신의 얼굴을 목사의 얼굴에 가까이하며 속삭였다.

"우리는 이제 다시 만나지 못할까요? 우리는 함께 영생을 누리지 못할까요? 우리는 이제 이 모든 고통 덕분에 속죄한

게 아닌가요? 영원의 세계를 바라보고 계신 당신, 당신의 눈에 지금 무엇이 보이시나요?"

"쉿! 헤스터 프린, 쉿! 우리는 율법을 어겼소. 그리고 그 죄가 이렇게 무섭게 드러난 거요. 당신은 그것만 기억해야 하오. 하나님은 자비로우신 분이오. 무엇보다 내가 고통받고 있을 때 자비를 베풀어주셨소. 이 불타는 가책을 가슴에 안고 다니게 해주심으로 말이오! 저 무서운 노인을 내게 보내시어 그 가책이 이글이글 불타게 해주심으로 말이오! 또한 나를 이곳으로 이끌어 군중 앞에서 수치스럽지만 승리에 빛나는 죽음을 맞이할 수 있게 해주셨소. 그 모든 고통 가운데 하나만 없었더라도 나는 영원히 구원받지 못했을 것이오. 하나님의 이름을 찬양할지어다! 하나님의 뜻이 이루어지기를! 그럼 안녕!"

15 결말

          며칠 뒤 처형대에서 목격한 일에 대해 여러 다른 이야기들이 흘러나왔다. 대부분의 사람들은 목사의 가슴에 헤스터 프린이 가슴에 달았던 것과 아주 비슷한 '주홍 글자'가 몸에 새겨져 있었다고 했다. 그러나 그 글자가 거기 새겨져 있던 원인에 대해서는 중구난방이었다. 어떤 이들은 헤스터 프린이 주홍 글자를 가슴에 달기 시작한 그 순간, 목사가 고행을 하기로 결심하고 자기 몸에 끔찍한 고문을 가했다고 주장했다. 또 어떤 이들은 그 낙인이 오랫동안 겉으로 나타나지 않다가 마술사 칠링워스 노인이 마술과 독약의 힘으로 그것을 밖으로 드러나게 했다고 주장했다. 또 어떤 이들은 감수성 예민한 목사의 참회의 결과가 그렇게 나타난 것이라고 주장하기도 했다. 참회라는 이빨이 가슴 깊은 곳을 갉아먹은 나머지 겉으로 드러나게 되어 하나님의 심판을 보여준 것이라는 것이다.

그런데 딤스데일 목사로부터 한순간도 눈을 뗀 적이 없었다고 말하는 사람들 가운데는, 목사의 가슴에는 아무 흔적도 없었다고 주장하는 사람들도 있었다. 목사는 헤스터 프린이 지은 죄와는 아무 연관이 없으며 다만 하나님 앞에서는 인간은 모두 죄인일 뿐이라는 위대한 교훈을 사람들 가슴속에 아로새겨주려 했을 뿐이라고 그들은 주장했다.

독자 여러분이 그런 견해들 가운데 어느 것을 받아들이든 독자들의 자유다. 다만 목사가 겪은 비참한 경험이 우리에게 깊은 감동으로 전해주는 몇 가지 교훈 가운데 나는 다만 이것만을 강조하고 싶다. 그것은 바로 "진실하라! 진실하라! 진실하라! 그대의 최악의 모습 전부는 아닐지라도, 그것을 슬쩍이나마 보여줄 수 있는 특징을 세상에 숨기지 말고 밝혀라!"라는 교훈이다.

    딤스데일 목사가 숨을 거둔 뒤에 가장 눈길을 끈 것은 바로 로저 칠링워스 노인에게 찾아온 변화였다. 마치 그에게서 모든 기력과 생명력, 지력이 한꺼번에 빠져나간 것 같았다. 마치 뿌리 뽑힌 잡초가 햇빛을 받아 시들듯이 그는 그렇게 오그라들어 사람들의 눈에서 거의 사라지다시피 했다. 복수를 자양분으로 살아가던 자가 그 사업을 벌일 대상이 지상에서 사라지자 지상에서 존재의 근거를 잃게 된 것이다. 하지만 우리로서는 그에게조차 그렇게 가혹하고 싶지는 않다. 그를 복수심에 이글거리게 했던 증오도 실은 사랑의 다른 이름이 아닐까?

    로저 칠링워스 노인에 대해서는 한 가지만 더 덧붙이기로 하자. 그는 그 사건이 있은 지 채 1년도 되지 않아 세상을 떠났다. 그는 세상을 떠날 때 벨링엄 총독과 윌슨 목사가 집행인 역할을 한 「유언장」에서 이곳 보스턴과 영국에 있는 꽤 많은 재산을 헤스터 프린의 딸 펄 앞으로 물려주었다. 그래서 펄은 이 신대륙에서 가장 부유한 상속자가 되었다.

    펄이 재산을 상속받은 지 얼마 되지 않아 두 모녀는 이곳 신대륙에서 사라졌다. 그리고 주홍 글자에 대한 이야기는 차츰 전설이 되어갔다. 하지만 그 마력은 여전히 힘을 떨치고 있었고 목사가 숨을 거둔 처형대는 헤스터 프린이 살고 있던 오두막집과 함께 여전히 두려움의 대상이었다.

그러던 어느 날이었다. 그 오두막집 근처에서 아이들이 놀고 있는데 한 키 큰 여자가 그 집으로 가까이 가는 모습이 보였다. 그 집은 지난 몇 해 동안 잠겨 있었다. 그 여자가 그 집의 열쇠를 가지고 있었는지, 아니면 세월 때문에 썩은 자물쇠가 힘없이 부서졌는지, 이도 저도 아니면 그녀가 유령처럼 집 안으로 스며들었는지, 어쨌든 그 키 큰 여자는 오두막집 안으로 들어갔다.

그렇게 헤스터 프린은 이곳으로 돌아와 오랫동안 버려두었던 치욕을 되찾았던 것이다. 펄은 지금 어디에 있을까? 아마 지금쯤은 꽃다운 처녀가 되어 있을 것이다. 그녀가 어떻게 되었는지 직접 확인할 길은 없지만 나중에 남은 기록에는 펄이 결혼해서 행복하게 살고 있으며 어머니를 극진히 사랑했다고, 외로운 어머니를 모시려고 애를 썼다고 적혀 있었다는 것만 밝혀둔다.

그러나 헤스터 프린은 펄이 가정을 꾸린 낯선 지방보다 이곳 뉴잉글랜드에서 좀 더 진실한 삶을 누릴 수 있다고 믿었다.

그녀는 이곳에서 죄를 범했고, 이곳에서 고통을 겪었으며, 이곳에서 속죄를 해야 했다. 그녀는 이곳으로 오자, 지금이라면 아무리 냉혹한 재판관이라도 강요하지 않을 그 속죄의 징표를 가슴에 달았다. 그리고 헤스터 프린의 헌신적인 삶이 이어지면서 주홍 글자는 세상 사람들의 조롱과 멸시를 받는 징표에서 존경의 징표로 바뀌었다.

이제 세상에서 가장 힘들고 슬픈 일을 겪은 사람들은 모두 그 오두막으로 찾아와 헤스터 프린에게 조언을 구했다. 특히 상처받은 사랑, 버림받은 사랑으로 고통스러워하는 여인들, 불륜의 사랑이나 잘못 만난 사랑으로 실수해서 죄를 짓고 시련을 겪는 여인들이 그녀를 찾아와 그녀에게서 위안을 얻었다. 헤스터 프린은 그녀들을 위로하고 구원의 말을 전해주면서 슬픈 눈길로 주홍 글자를 내려다보곤 했다.

그로부터 여러 해가 지난 뒤, 오래되어 움푹 가라앉은 무덤 옆에 새 무덤이 하나 생겼다. 두 무덤은 가까이 있었지만 두 사람의 유해가 합쳐질 권리는 없다는 듯 약간 떨어져 있었다. 그러나 그 두 무덤에는 공동으로 하나의 비석만이 세워져 있었다. 초라한 석판 한 장만으로 만들어진 그 비석에는 조각한 방패꼴의 문장(紋章) 비슷한 것이 새겨져 있었으며 거기에는 제명(題名)이라고 볼 수 있는 글귀가 적혀 있었다. 너무 어두침침해서, 그림자보다 더 어둡다고 할 수 있는 한 점 빛 때문에 겨우 글자를 알아볼 수 있을 정도였다.

"검은 바탕에 주홍 글자 A."

『주홍 글자』를 찾아서

    우리의 세계 문학 산책은 고대 그리스로부터 출발해서 중국을 거쳐 중세, 근대 유럽의 문학들을 섭렵한 다음 이제 미국 문학에 이르렀다. 크게 보면 미국 문학도 서구 문학의 연장 선상에 있다. 하지만 조금 더 세밀하게 살펴보면 미국 문학은 우리가 이제까지 섭렵한 서구 문학과는 완연히 다르다. 그리고 미국 소설의 원조로 인정받고 있는 너새니얼 호손(Nathaniel Hawthorne, 1804~1864)의 『주홍 글자*The Scarlet Letter*』는 미국 문학의 그러한 특징을 대표적으로 보여주고 있다. 과연 그 특징은 무엇일까?

    그 특징을 제대로 알아보기 위해서는 우선 미국이라는 나라에 대해 공부를 조금 해야 할 것 같다. 미국은 과연 어떤 나라인가?

'미국은 과연 어떤 나라인가?'라는 질문에 피식하고 웃을 사람이 많을지도 모르겠다. 대부분의 사람들이 미국에 대해서 잘 알고 있다고 생각하기 때문이다. 그만큼 미국은 우리에게 아주 친근하다. 군사적으로나 경제적으로나 세계 최고의 강대국이며, 자본주의의 본산이라는 기본적인 요소 말고도 미국 대통령이 누구인지, 미국의 선거는 어떻게 진행되는지를 거의 상식으로 알고 있다. 어디 그뿐인가? 개인의 취향에 따라 좋아하는 미국 영화계 스타들 이름을 줄줄이 꿰차고 있는 사람도 많고, 미국 메이저리그 야구 선수를 한국 프로야구 선수보다 더 좋아하는 사람도 많다. 나도 미국 팝송을 듣고 할리우드 영화를 보면서 청춘을 보냈고 지금도 좋아한다. 또한 메이저리그 야구, NBA 농구 중계는 지금도 내가 즐겨 보는 방송 프로그램 가운데 하나다. 그런 식으로 알게 된 미국도 분명 미국이며, 그런 식으로 친해진 미국도 물론 미국이다.

하지만 오늘 우리는 각도를 조금 달리해서 미국을 바라보기로 하자. 그러기 위해 우리는 '미국은 어떤 나라인가?'라는 질문을 '미국은 어떻게 세워진 나라인가?'로 바꿔보기로 하자.

콜럼버스가 아메리카 대륙을 발견한 뒤 아메리카 대륙은 유럽 여러 나라의 각축장이 되었고, 그 가운데 북아메리카가 그 각축장의 중심에 있게 된다. 그 결과 미국은 다분히 다민족 국가의 성격을 띠게 된다. 하지만 아주 거칠게 말하자면 미국이라는 나라를 세우는 데 주축이 된 것은 아무래도 최초로 아메리카 동부에 터를 잡은 영국 이주민들이다. 달리 말하면 미국은 영국의 연장선상에 있다고 보아도 된다.

하지만 미국은 단순히 영국의 연장선상에 있는 나라가 아니다. 핏줄은 영국과 이어질지 모르지만 영국과 전혀 다른 새로운 나라를 세우겠다는 꿈을 가진 사람들이 세운 나라가 미국이다. 미국 건국의 시조들은 그들이 몸담고 있던 구대륙에서 몸만 탈출한 것이 아니라 아예 그들과 연결된 탯줄을 끊으려고 했던 사람들이다. 그들은 당시 세계를 제패하고 있던 영국의 영광과 화려함을 새로운 땅에서 그대로 재현하겠다는 생각을 가진 사람들이 아니었다. 그들은 구약에 나와 있는 모세의 영광의 탈출이 역사 속에서 재현되기를 꿈꾸었던 사람들이었다. 그들은 단순히 신대륙에 정착한 게 아니라 그 신대

류을 신천지로 만들기를 꿈꾸었다.

그러자면 당연히 이전과 다른 새로운 제도가 필요했고, 새로운 법이 필요했다. 그러나 무엇보다 필요한 것은 새로운 정신과 새로운 윤리였다. 그리고 그것이 바로 청교도 정신이었다. 청교도는 물론 기독교의 연장선상에 있지만 그건 어떤 의미에서는 완전히 새로운 종교이기도 하다. 우리가 청교도로 옮긴 단어의 원어는 '프로테스탄트'다. 지금은 기독교 구교도와 대립되는 신교도 정도로 번역하고 있지만 본래의 뜻은 '반항하는 사람' '항거하는 사람'이라는 뜻이다. 이들은 영국의 영광과 화려함을 전면 부정하고 새롭게 출발하기 위해 반항의 길을 택했고, 그것이 이들의 종교·윤리·법·제도·정신이 되었다. 그리고 그것이 핏줄이 다른 사람들을 맺어주는 새로운 핏줄이 되었다.

우리가 『주홍 글자』에서 읽을 수 있는 청교도 정신이란 바로 그런 것이다. 그것은 서슬이 시퍼렇게 엄숙하고 엄격하다. 새로운 질서를 세우려니 가혹할 정도로 엄격할 수밖에 없다. 헤스터가 감옥에서 나와 처형대로 향할 때 그 광경을 구경하고 있던 한 아낙네의 입을 통해 나온 말은 당시의 청교도 윤리가 어떤 것인지를 여실히 보여준다.

> "옷가슴이건 이마빡이건 징표와 낙인 따위가 무슨 소용
> 있어? 저년은 우리 모두에게 망신을 준 셈이니 죽어야
> 해! 어디 그런 법은 없나? 있고말고! 『성경』에도 있고
> 법령집에도 있어!"(15쪽)

간통죄를 처형하는 법이 『성경』에도 있고 법령집에도 있다
니! 청교도 정신이 법률이고 종교이고 윤리이며, 나아가 철학
이기도 하다는 것을 잘 보여주는 대목이다. 작가 자신도 "그
들에게는 종교와 법률이 거의 같은 것으로 여겨졌고, 둘은 완
전히 하나로 융합되어 있었다"(12쪽)고 쓴다. 법은 엄해도 종교
는 너그러운 게 일반적 속성이거늘, 미국 건국의 시조들은 그
둘을 결합해서 엄격한 새로운 질서를 만들었다. 그 질서가 얼
마나 서슬이 시퍼런 것인지 지금과 비교해보아라. 간통죄를
사형에 처한다는 것이 당연한 사회라니!
그러나 그럴 수밖에 없다. 작품 속에서 윌슨 목사는 더없
이 자상하고 온화한 사람으로 묘사된다. 그러나 공적인 윤리

와 법의 차원에서는 더없이 근엄하고 냉정하다. 그것은 위선이 아니라 시대적 요구이고 사명이다. 긴박한 시대적 사명감은 엄격함과 엄숙함을 필요로 하지 관용을 필요로 하지 않는다. 당대의 윤리에 동의하여 하나로 뭉칠 것을 강력하게 요구한다. 그 근엄함과 냉정함, 지나칠 정도의 도덕적 태도를 바탕으로 미국이 세워졌다. 그것이 없었다면 오늘의 미국이라는 국가는 존재하지 않았을 것이다.

말이 나온 김에 조금 더 이야기를 해보기로 하자. 프로테스탄트의 윤리는 어찌 보면 간단하다. 한마디로 근검절약하며 죄를 짓지 말고 살라는 것이다. 그런 사회에서는 놀고 먹는 게 용납이 되지 않는다. 일단 프로테스탄트 윤리에 동의하는 사람들은 열심히 일을 해야 한다. '일한 만큼 벌어라!' 이게 첫째 원칙이다. 그 원칙에 맞게 열심히 일을 하니 소득이 많다. 그러나 근면과 더불어 검소함과 절약이 미덕이니 벌어들인 돈을 펑펑 쓰지 않는다. 자연스럽게 돈이 쌓인다. 그 돈을 다른 식으로 표현하면 '자본'이다. 자본이 쌓이니 자본주의가 저절로 생긴다. 재미있지 않은가? 적어도 미국의 경우 자본주의는 탐욕의 소산이 아니라 근검절약의 소산인 것이다. 하지만 오해하면 안 된다. 미국 자본주의를 낳게 한 기본 정신이 그렇다는 것이지, 자본주의가 언제나 근검절약의 정신을 지니고 있다는 뜻이 아니다. 돈에는 원래 그 자체 탐욕의 속성이 내재되어 있어서 그런 순결함을 금세 잃게 마련이다.

그런 사전 지식을 갖추고 작품을 다시 읽어보라. 모든 것이 명확해진다. 작품의 무대는 17세기 중엽 매사추세츠만(灣)의 보스턴이다. 영국에서 온 이주민이 새로운 도시를 건설하기 시작한 시기인 것이다. 즉 청교도 윤리가 엄격하게 확립되어 가던 시기다. 당시의 관점으로 본다면 간음을 범하고 사생아를 낳은 헤스터 프린은 극형에 처해야 하는 중범죄자다. 그녀는 극형은 면하지만 평생 가슴에 '주홍 글자'를 달고 다녀야만 하는 처벌을 받는다. 그것은 그런 범죄는 절대로 그들 사회에 존재해서는 안 된다는 상징적인 의미를 갖는다. 자연스럽게 그녀는 그 사회에서 소외된다.

그런데 아주 재미있는 사실이 있다. 그런 형벌을 내린 재판부가 그녀가 다른 곳에 가서 살 수 있는 자유와 권리를 박탈하지는 않았다는 사실이다. 그녀는 다른 곳에 가서 주홍 글자를 가슴에 달지 않은 채 얼마든지 새롭고 자유롭게 살 수 있다. 무슨 의미인가? 청교도 사회의 엄격함은 그곳 뉴잉글랜드만의 고유한 특성이지 결코 보편적이 아니라는 뜻이며 그들도 그것을 잘 알고 있었다는 뜻이다. 그러나 그것은 자신들이 편협하다는 것을 그들이 인정하고 있었다는 뜻이 아니다. 그만큼 자신들은 선택된 존재들이라는 자부심을 가지고 있다는 강력한 증거다. 이곳이 아닌 다른 곳은 죄를 짓고도 버젓이 살아갈 수 있는 타락한 곳이지만 이곳만은 순결한 곳이라는, 하나님으로부터 선택받은 신천지라는 자부심을 갖고 있었다는 뜻이다. 그들은 하나님으로부터 부여받은 소명을 종교와 법률과 윤리의 이름으로 엄격하게 실현하는 선택받은 사람들이라는 뜻이며, 타락한 자는 얼마든지 타락한 곳에 가서 살아도 된다는 뜻이다.

헤스터 프린과 딤스데일 목사는 한때, 이곳을 벗어나 유럽 땅으로 돌아가 새롭게 살겠다는 꿈을 꾸기도 한다. 그러나 그들은 그러지 않는다. 딤스데일 목사는 목사로서의 영광이 절정에 달했을 때 자신의 죄를 고백하며 죽고, 딸과 함께 다른 곳에 가서 살던 헤스터 프린도 다시 이곳으로 돌아와 살다가 목사 옆에 나란히 묻힌다. 왜 그들은 얼마든지 다른 곳으로 가서 버젓이 살 수 있었는데 그러지 않았을까? 그곳에서 새로운 삶을 시작하면 될 텐데 그러지 않았을까?

아마 이 소설을 읽은 대부분의 사람들은 간통이 과연 그렇게 큰 죄인가 아닌가에 초점을 맞추고 토론을 벌일지도 모른다. 하지만 그것은 완전히 초점이 빗나간 토론이다. 청교도 정신의 엄격함이 근간이 된 땅에서, 그 정신과 윤리가 절대적으로 필요한 새로운 땅에서 과연 한 개인이 지닌 자연스러운 욕망과 본능은 그 윤리와 양립이 가능한가 하는 질문이 바로 이 작품의 핵심적 질문이다.

작가는 이 작품을 통해 우리에게 묻는다. 남녀가 서로 사랑하는 것은 자연스러운 것 아닌가? 그리고 자연에는 그 자체 하나님의 뜻이 들어 있는 것이 아닌가? 만물을 창조하신 하나님이 자연을 사랑하지 않을 리 없지 않은가? 하나님의 이름으로 자연스러운 본능을 처벌하고 억압하는 것이 과연 옳은 일인가? 그것이 진정 하나님의 뜻일 수 있는가? 인간들이 세운 인위적인 윤리가 어떻게 그렇게 절대적인 권능을 지닐 수 있단 말인가?

그러나 작가는 그 질문을 통해 청교도 사회를 탄핵하지 않는다. 만일 딤스데일 목사와 헤스터 프린이 뉴잉글랜드를 탈출해서 유럽에서 새로운 삶을 살았다면 청교도의 땅은 작가에 의해 처형당한 불모지가 되었을지도 모른다. 딤스데일 목사와 헤스터 프린을 유럽으로 보내지 않고 이곳에서 죽게 만든 것은 바로 그 때문이다.

그들이 이곳을 떠나지 않은 것은 이곳을 사람들이 살 만한 곳, 청교도 정신이 살아 있는 신천지를 그들도 함께 살 수 있는 땅으로 만들기 위해서다. 유럽은 어디인가? 구대륙이다. 그들이 유럽으로 도망가 살았다면 그들은 신천지를 건설하겠다는 청교도 정신을 정면으로 부정하는 것이 되었을 것이다. 새로운 땅을 건설하겠다는 꿈을 부정하고 과거로 회귀하는 셈이 되었을 것이다.

하지만 작가는 그렇게 하지 않았다. 그들을 그대로 그 땅에서 살다가 죽게 만들었다. 헤스터 프린은 죄를 범하고 고통을 겪은 바로 그 땅으로 속죄를 하기 위해 돌아온다. 그리고 그 속죄의 징표를 스스로 가슴에 단다. 그리고 힘들고 슬픈 일을 겪은 여자들에게 구원의 말을 해주면서 헌신적인 삶을 산다.

그러자 주홍 글자가 세상 사람들의 조롱과 멸시의 징표에서 존경의 징표로 바뀐다.

이 작품을 통해 작가가 던진 진지한 질문은 역설적이게도 작가가 강력하게 항의한 청교도의 윤리가 실현되고 있는 그 땅을 진공 청소된 불모의 땅이 아니라 사람이 살아 숨 쉴 수 있는 곳으로 만들어준다. 국가 차원에서 엄격한 윤리와 법률이 존재하는 곳, 청교도 정신이 실현된 곳이면서 동시에 그 정신에 의해 마침내 억압될 수밖에 없는 개인의 자연스러운 본능이 절멸되지 않고 숨 쉴 수 있는 땅으로 만드는 것! 바로 그것이 작가가 꿈꾼 것이 아니고 무엇이겠는가? 작가의 그 꿈에 동참하면서 우리도 법과 윤리의 문제, 공공의 이익과 개인의 행복이라는 인간 사회가 존재하는 한 언제고 계속될 수밖에 없는 그 질문을 다시 한 번 진지하게 던져보지 않겠는가? 우리가 몸담고 있는 사회를 보다 사람다운 사회로 만들기 위해 언제고 던져야만 하는 그 질문!

『큰 바위 얼굴』이라는 작품으로도 우리에게 친숙한 너새니얼 호손은 1804년 매사추세츠 주의 세일럼에서 태어났다. 아버지는 외항선 선장이었고 어머니는 대장장이 딸이었지만 선조들은 이 지역에서 군인과 재판관으로 명성을 떨쳤었다. 호손은 어릴 적부터 문학에 취미가 있었지만 정작 작가가 되기로 마음먹은 것은 대학에 다닐 때였다. 그는 당시 어머니에게 보낸 편지에서 목사나 의사 또는 변호사가 되기 싫어 작가가 되겠다고 장난삼아 적은 적이 있다.

대학을 졸업한 후 그는 기나긴 기간 은둔 생활을 하면서 작가 수업에 들어간다. 그리하여 1828년 첫 장편 소설 『팬쇼』를 출간했고, 1837년에는 여기저기 발표한 단편들을 모아 작품집을 내놓았다.

작가로서의 명성이 그다지 크지 않았던 그가 전국적으로 유명해진 것은 그가 세일럼 세관에서 수입품 검사 일을 하다가 부당 해고를 당하면서다. 정치권력을 쥐고 있던 친구들 덕분에 얻은 직장이었는데, 권력이 바뀌자 해고를 당한 것이며, 덕분에 그 일로 그의 이름이 전국에 알려지게 된 것이다. 일자리를 잃은데다 전국적으로 이름이 알려지자 그는 전업 작가로서 작품 창작에 몰두한다.

호손은 1849년 9월에 『주홍 글자』 집필을 시작해서 그 이

듬해 3월에 출간한다. 하지만 그 책은 그의 기대와는 달리 고작 1,500달러 정도의 인세 수입만 그에게 안겨주었을 뿐이다. 대중에게는 열렬한 호응을 받지 못했지만 『주홍 글자』는 발표되자마자 비평가들로부터 미국 문학의 고전이 탄생했다는 찬사를 받는다. 헨리 제임스는 "이제까지 미국에 없었던, 상상력이 넘치는 가장 훌륭한 작품"이라고 "이제 미국에서도 문학에 속하는 소설이 존재하게 되었다"고 찬사를 보냈고 D.H. 로렌스는 "이 책처럼 심오하고 다중의 의미를 담고 있는 소설은 흔치 않다"고 말했다. 이후 『일곱 박공의 집』 『기적의 책』을 집필한 호손은 1864년 5월 19일 여행 도중 뉴햄프셔 주 플리머스에서 사망했다.

　『주홍 글자』는 10편 이상의 영화로 제작되어 사람들의 사랑을 받았으며, TV 드라마로도 여러 번 각색되어 방영된 바 있다.

『주홍 글자』 바칼로레아

1 한 사회를 유지하는 데는 법률과 도덕이 반드시 필요하다. 하지만 한 사회의 안정을 위한 법률과 도덕이 한 개인의 자유와 욕망을 억압하는 일은 언제고 벌어진다.

당신이라면 어느 편을 들겠는가? 개인의 자유와 욕망은 그 어떤 경우에도 소중히 지켜져야 하는가, 아니면 공공의 안녕과 질서를 위해 희생될 수도 있는가?

혹은 그 둘은 대립될 수밖에 없는가, 아니면 조화를 이루는 방법은 없을까?

2 이 작품에는 두 개의 '주홍 글자'가 나온다. 그 가운데 하

나는 헤스터 프린이 가슴에 달고 다니는 주홍 글자이며 다른 하나는 딤스데일 목사의 가슴에 새겨져 있는 주홍 글자다. 헤스터 프린이 가슴에 달고 다니는 주홍 글자는 사회의 법률이 그녀에게 가한 형벌이다. 반면에 목사의 가슴에 새겨진 주홍 글자는 목사 자신이 스스로에게 가한 형벌이며, 양심의 가책의 결과다.

여러분은 두 형벌 중 어느 것이 더 가혹하다고 생각하는가? 인간이 죄를 짓지 않게 만드는 힘은 법적 형벌이 더 강할까, 아니면 도덕적 양심이 스스로에게 가하는 형벌이 더 강할까?

3 이 작품의 주인공 헤스터 프린은 고통의 징표인 주홍 글자를, 자기의 가슴에 달아야 하는 죄의 표지를 가장 화려하게 스스로 수를 놓는다. 왜 그랬을까? 예술의 역할에 대해 생각하면서 함께 진지하게 토론해보라.

주홍 글자

생각하는 힘: 진형준 교수의 세계문학컬렉션 33

펴낸날	**초판 1쇄 2018년 11월 5일**

지은이	**너새니얼 호손**
옮긴이	**진형준**
펴낸이	**심만수**
펴낸곳	**(주)살림출판사**
출판등록	**1989년 11월 1일 제9-210호**

주소	**경기도 파주시 광인사길 30**
전화	**031-955-1350 팩스 031-624-1356**
홈페이지	**http://www.sallimbooks.com**
이메일	**book@sallimbooks.com**

ISBN	**978-89-522-3976-1 04800**
	978-89-522-3986-0 04800 (세트)

※ 값은 뒤표지에 있습니다.
※ 잘못 만들어진 책은 구입하신 서점에서 바꾸어 드립니다.

이 도서의 국립중앙도서관 출판시도서목록(CIP)은 서지정보유통지원시스템 홈페이지
(http://seoji.nl.go.kr)와 국가자료공동목록시스템(http://www.nl.go.kr/kolisnet)에서
이용하실 수 있습니다.(CIP제어번호: CIP2018034076)

책임편집·교정교열 **조경현**